dtv

Rita Falk, geboren 1964 in Oberammergau, lebt noch immer in Bayern, ist Mutter von drei erwachsenen Kindern und hat in weiser Voraussicht damals einen Polizeibeamten geheiratet. Mit ihren Provinzkrimis um den Dorfpolizisten Franz Eberhofer und den Romanen ›Hannes‹ und ›Funkenflieger‹ hat sie sich in die Herzen ihrer Leserinnen und Leser geschrieben – weit über die Grenzen Bayerns hinaus.
Mehr unter www.rita-falk.de

Rita Falk

Eberhofer, Zefix!

Geschichten vom Franzl

dtv

Neben der Serie um Franz Eberhofer sind von
Rita Falk bei dtv außerdem erschienen:
Hannes (21463)
Funkenflieger (21613)

MIX
Papier aus verantwortungsvollen Quellen
FSC® C014496

Originalausgabe 2018
2. Auflage 2018

Umschlaggestaltung: Lisa Höfner/dtv
Satz: Greiner & Reichel, Köln
Gesetzt aus der Garamond und der Marcelle Script
Druck und Bindung: GGP Media GmbH, Pößneck
Gedruckt auf säurefreiem, chlorfrei gebleichtem Papier
Printed in Germany · ISBN 978-3-423-28991-7

Liebe Eberhofer-Gemeinde,

da sind mir doch tatsächlich noch ein paar kleine Geschichten rund um den Franz und Konsorten eingefallen, die ich euch vielleicht noch gar nicht erzählt hab. Da spielt der Simmerl beispielsweise eine mächtige Rolle und auch der Flötzinger liefert einen fragwürdigen Beitrag dazu. Der Ludwig, so klein er damals auch war, hat große Pläne am Eberhofer-Hof. Und dann ist da ja auch noch die Geschichte bei den Preußen.

Aber schaut am besten selber mal rein.

Viel Spaß und herzliche Grüße,
Eure

Rita Falk

Inhalt

Ein Bayer in Gelsenkirchen

Geschlagene zwei Stunden und vierzig Minuten bin ich mit der Susi jetzt schon beim Einkaufen. Genauer gesagt beim Shoppen, wie sie es nennt. Ein Partykleid muss her, koste es, was es wolle. Weil morgen Silvester ist, und da muss man ja schließlich gut ausschauen, sagt die Susi. Dabei gehen wir sowieso bloß auf ein oder zwei Bier zum Wolfi rüber. Aber meine Susi, die will halt trotzdem gut ausschauen.

Wir sind nach Landshut gefahren, weil's bei uns daheim in Niederkaltenkirchen nur ein einziges Bekleidungsgeschäft gibt, und die haben alles nur in XXL. Da passt die Susi freilich nicht rein. Drum eben Landshut.

Aber jetzt wird's mir wirklich langsam zu blöd, muss ich schon sagen. Weil, nachdem sich die Susi zuerst in aller Ausführlichkeit mit der rothaarigen

Verkäuferin über die Problemzone Bauch unterhalten hat, reden sie anschließend und genauso ausführlich über die Problemzone Arsch. Ich kann's wirklich kaum glauben. Hocke in einem pinkfarbenen Designersessel und spiel mit meinem Telefon rum, und irgendwie hoffe ich inständig, es möge läuten und mich aus diesem Delirium retten. Tatsächlich läutet es kurz darauf, aber es ist leider nicht meines, sondern das von der Susi. Das merke ich gleich am Klingelton. Kein AC/DC, sondern Shakira tönt uns entgegen.

»Andrea?«, sagt sie und klingt ein bisschen verwirrt. Ich muss überlegen und komme als erfahrener Polizist ziemlich rasch zu einem Ergebnis. Der Einzige, den ich diesem Namen zuordnen kann, ist der Exlover von meiner Susi. Jetzt beginnt sie, Italienisch zu sprechen, und bestätigt somit meinen Verdacht.

Wie sie endlich auflegt, ist sie ziemlich aufgewühlt.

»Ich muss sofort nach München, Franz«, sagt sie. »Der Andrea, der liegt in Schwabing im Krankenhaus. Er ist verletzt und braucht meine Hilfe.«

»Was ist denn so alles verletzt?«, frag ich und hoffe auf irgendwas echt Gefährliches.

»Er hat sich das Handgelenk gebrochen.«

»Das Handgelenk also. Da ist die Überlebensrate ja relativ hoch, Susi.«

»Das musst du verstehen, Franz«, sagt sie und hat ganz rote Wangen. Natürlich versteht das der Franz. Ich hol mein Telefon hervor.

»Was hast du jetzt vor?«, fragt die Susi, während ich in die Tasten klopfe.

»Ich ruf den Birkenberger Rudi an«, sag ich.

»Das ist nicht dein Ernst, oder?«

»Wenn du zu deinem Don Giovanni fährst, fahr ich zum Birkenberger. Nur dass das klar ist.«

»Wie du willst«, sagt sie, dreht sich ab, wirft ihre Mähne durch die Luft und verschwindet.

»Servus, Rudi«, sag ich, wie er endlich rangeht. Freilich freut er sich, meine Stimme zu hören, und fängt auch gleich an, aus seinem wahnsinnig aufregenden Leben als Privatdetektiv zu berichten.

»Ja, wo bist du denn grade?«, frag ich, wie er endlich fertig ist.

»In Gelsenkirchen. Aber warum fragst du?«

Ich erzähle ihm kurz von den Schandtaten meiner Susi, und prompt überredet mich der Rudi, zu ihm nach Gelsenkirchen zu kommen. Da soll es absolut klasse sein, lauter voll nette Typen und Superweiber, und überhaupt mit Schalke und diesen hammermäßigen Currywürsten, die es da überall gibt. Und schon hat er mich irgendwie überredet.

Es ist noch stockmauernfinster, wie ich am nächsten Morgen losfahr. Aber das ist gut so, weil kein Verkehr, kein Stau, einfach nur Guns N'Roses und rein ins Pedal und ab durch die Mitte. Fünf Stunden später bin ich auch schon in diesem Hotel, das mir der Rudi genannt hat. »Schloss Berge«, da schau einer an. Der Rudi weiß sich standesgemäß einzuquartieren.

»Eberhofer, endlich! Ich hab mir schon Sorgen gemacht«, tönt es durch den Empfang, da bin ich kaum zur Tür rein. Der Rudi kommt mir mit ausgestreckten Armen entgegen, und er trägt einen dunkelblauen Anzug.

»Wie schaust du denn aus?«, frag ich zuerst mal.

»Wie ich aussehe? Wie ein Gentleman würde ich sagen. Ich hoffe, du hast noch andere Klamotten dabei als diese zerfetzte Jeans. Schließlich ist heute Silvester«, sagt er und grinst. Ich geh mich lieber erst mal einchecken und bring danach meine Reisetasche aufs Zimmer. Der Rudi steht im Türrahmen und wartet, bis ich vom Klo zurück bin.

»Was meinst du, Franz, sollen wir vielleicht zum Mittagessen zum ›Schloss Horst‹ rüberfahren?«, will er schließlich wissen.

»›Schloss Berge‹, ›Schloss Horst‹, noble Gegend hier, wie mir scheint«, sag ich und merke, dass meine

Vorstellungen von Silvester dann vielleicht doch ein bisschen anders aussehen. »Du, Rudi«, sag ich deshalb. »Ich hab eigentlich mehr so gedacht, wir lassen hier die Sau raus, verstehst? Currywurst, Jeans und Bier bis zum Abwinken. Dass du jetzt hier den Spießer abgibst, hättest du mir vorher sagen müssen. Dann hätt ich natürlich meinen Frack eingepackt.«

»Du bist und bleibst ein Prolet, Eberhofer«, sagt der Rudi und schnauft dabei ganz theatralisch durch. »Na gut, dann gondeln wir erst mal ein bisschen durch die Gegend, und hinterher essen wir eine hammermäßige Currywurst. Was meinst du?«

Da muss er mich nicht lang bitten, der Rudi, und Augenblicke später sind wir schon unterwegs. Ich persönlich war zuvor ja noch niemals im Ruhrpott und bin ziemlich überrascht, dass dort irgendwie alles aneinanderklebt. Also nicht so wie bei uns daheim, raus aus der Stadt, zwanzig Minuten Autobahn und rein in die nächste. Nein, hier ist es so: Wenn du in Dortmund stehst, kannst du problemlos nach Bochum spucken. Natürlich nur bildlich gesehen, aber egal.

Der Rudi ist ein prima Reiseleiter und zeigt mir sogar die berühmte Veltins-Arena. Ja, ganz nett. Wenn auch nicht mit der Allianz Arena zu vergleichen. Auf gar keinen Fall.

Irgendwann ist dann aber auch wieder gut mit Sightseeing, weil uns der Magen knurrt. Und so steuert der Rudi auch gleich zielorientiert auf Abhilfe.

»Park-Grill« steht auf dem winzigen Laden, und schon wie ich aussteig, findet die Wurstgeruchswolke direkt den Weg in meinen Riechkolben.

»Der Pommes-Dieter macht die besten Currywürste der Welt, das wirst du gleich sehen«, sagt der Rudi. Leider kann ich nicht antworten, weil mir schon die Zunge am Gaumen klebt. Ich nicke.

»Mensch, Rudi, was los? Heute schon fertig mit Maloche?«, dröhnt es hinterm Tresen vor, und ich bin einigermaßen verwundert, dass der Birkenberger hier schon bekannt ist wie ein bunter Hund.

»Ja, fertig, Dieter. Seit gestern. Das hier ist übrigens mein Freund, der Franz.«

»Servus«, sag ich.

»Tach, Franz«, sagt der Dieter und wendet sich dann wieder dem Rudi zu. Und ich geh an einen der Tische, hock mich nieder und schau mich erst einmal um. Scheint eine Art Schalke-Mekka hier zu sein. Überall Fotos, Schals, Autogramme und lauter so Zeug. Auf einem Plakat an der Wand steht: *Lieber 4 Minuten Deutscher Meister als 1 Sekunde Bayern-Fan.* Ich leg mal meinen Schlüsselbund mit dem

Bayern-Anhänger auf den Tisch. Nur, um die Fronten zu klären.

»Is was?«, fragt mich ein Fremder, vis-à-vis über sein Schaschlik gebeugt, und starrt auf den Schlüsselbund.

»Gerne, was würden Sie denn empfehlen?«, frag ich zurück. Der Typ legt seine Gabel beiseite. Dann aber kommt auch schon der Dieter hinterm Tresen hervor.

»Lass mich mal raten, Franz«, sagt er und schaut mir ins Gesicht. »Ne Currywurst extrascharf mit Pommes rot-weiß und dazu ein lecker Bierchen vielleicht?«

Besser hätte ich das nicht hingekriegt.

»Exakt«, sag ich.

»Bayern-Fan? Ist nicht dein Ernst, oder?«, fragt mich das Schaschlik, und ich könnte schwören, einen abfälligen Tonfall rauszuhören.

»Was dagegen?«

»Na, was willste dann hier, Mann? Fahr nach Hause und lutsch an deinen Weißwürsten.«

»Kümmer dich um dein Schaschlik und halt einfach dein Maul«, sag ich und zieh dabei mal meine Augenbraue hoch. Das hab ich vorm Spiegel geübt. Und es sieht echt gefährlich aus.

»Mensch, tolles Wetter heute«, sagt der Rudi in

einer verkrampften Lockerheit und stellt sich jetzt so an den Tisch, dass Schaschlik und ich uns nicht mehr sehen können.

»Ich hab den Laden jetzt seit über dreißig Jahren, und hier war noch nie 'ne Rauferei oder so was«, sagt der Pommes-Dieter, während er meine Currywurst durch den Häcksler jagt.

»Das kann sich jederzeit ändern«, sagt das Schaschlik.

»Jederzeit«, nicke ich, und da schiebt mir der Pommes-Dieter auch schon mein Essen hin. Es schmeckt hammermäßig, wirklich. Vielleicht die beste Currywurst, die ich je gegessen habe. Nein, die vom Seppi aus Ismaning, die ist noch besser. Aber nur ein ganz kleines bisschen.

Auf einmal fliegt die Tür auf und eine Frau kommt herein. Sie schaut sich kurz um und steuert dann schnurstracks auf das Schaschlik zu.

»Sag mal, Jürgen, bist du bescheuert, oder was? Wo warst du heute Nacht?«, fährt sie ihn an. Ihr Tonfall ist, ja wie soll ich sagen, ziemlich gewöhnlich vielleicht. Überhaupt ist sie mehr so der Typ Frau, mit der man eine Nacht verbringt und hinterher kein schlechtes Gewissen hat, wenn man sich nicht noch mal meldet.

»Komm, zieh Leine, Gabi«, sagt Schaschlik-Jürgen irgendwie genervt. Da kann man jetzt schon fast wieder Verständnis dafür aufbringen, dass er ein so unfreundlicher Zeitgenosse ist. Wenn er so ein Weibsstück an der Backe hat. Nein, wirklich. Ich geb ihm ein Bier aus.

Ein paar Bierchen später sind wir dann schon fast so was wie richtige Freunde, der Jürgen und ich. Zuerst reden wir kurz über Weiber, widmen uns dann aber schnell den interessanteren Seiten des Lebens. Und zwar Fußball. Bayern und Schalke natürlich, und irgendwann kommen wir auf den Assauer. Auf den Assauer und seine Demenz. Tragische Sache, wirklich. Den hab ich immer echt gut gefunden. Obwohl er beim falschen Verein war.

»Willst du noch ewig hier rumhängen?«, fragt der Rudi plötzlich in einer leicht beleidigten Tonart. »Mir ist schon richtig schlecht von diesem ganzen Fettgestank hier«, sagt er weiter und riecht am Ärmel seines blauen Anoraks, der perfekt zum Blau seines Anzugs passt. Ja, ein Jammer, wenn diese edle Blaukombination jetzt so tierisch nach Pommes stinkt. Der Jürgen sagt, mit so 'nem noblen Fetzen sollte man auch nicht zum Pommes-Dieter gehen, sondern auf 'nem Samtsofa sitzen und Austern schlürfen. Jetzt ist er aber echt beleidigt, der Rudi. Um des lieben Friedens willen und weil er wahrscheinlich irgendwie nicht recht von uns lassen kann, schlägt der Jürgen schließlich vor, die Lokalität zu verlassen und auf 'nen Sprung bei der Silvesterfete im alten Vereinsheim von Schalke vorbeizuschauen. Schließlich ist das *die* Kultstätte von Blau-Weiß und als echter Fußballfan muss man die gesehen haben.

Also nix wie hin. Mit dem Jürgen und seiner Gabi sind wir zu viert, und wir kriegen mit Ach und Krach noch 'nen Stehplatz am Tresen. Der Jürgen ist hier bekannt und stellt uns erst mal Lydia und Ronny, das Wirtspaar, vor. Ein Hund namens Ratte jagt mit einem Ball zwischen unseren Beinen rum. Unglaublich, hier spielen sogar die Hunde Fußball. Wir trinken ein Bier, und eigentlich sind alle ganz nett, wenn man mal davon absieht, dass sie Schalke-Fans sind. Da der Rudi und ich aber schwer in der Unterzahl sind, halten wir uns lieber etwas zurück. Und als der Rudi hinterher einmal aufs Klo geht, sag ich lieber überhaupt nichts mehr. Ein paar Bierchen später aber bricht es plötzlich und unerwartet aus dem Rudi heraus.

»Das Beste an eurer blöden Veltins-Arena ist sowieso, dass der Oliver Kahn einmal mit dem Ball an den

Videowürfel geschossen hat«, sagt er und ruiniert damit die entspannte Stimmung irgendwie total. Und so beschließen wir zwei, dann doch lieber den Rückzug einzuläuten, ehe es hier noch eskaliert. Draußen auf dem Bürgersteig atmen wir erst einmal tief durch.

»Prima«, sag ich mit Blick auf die Uhr. »In einer Stunde ist Mitternacht. Was machen wir jetzt?« Der Rudi schlüpft in seinen Anorak und schnuppert erneut ein bisschen angewidert am Ärmel. Ich verdreh die Augen.

»Gut«, sagt der Rudi und hört auf zu schnüffeln. »Wir fahren auf die Halde. Auf die Rheinelbe-Halde, zur Himmelsleiter da oben drauf. Da ist es eh viel besser. Um Mitternacht fahren da alle hin. Hammermäßige Aussicht, sag ich dir.«

»Na, wenn da alle hinfahren, warum nicht«, sag ich, und so machen wir uns auf den Weg.

Nach zig Serpentinen durch einen dunklen Birkenwald erreichen wir schließlich die vielstufige Treppe, die on the top führt. Die Himmelsleiter macht ihrem Namen alle Ehre. Oben erwarten uns dicke Betonstücke, die wie eine Mayapyramide aufgestapelt sind. Irgendwie schön.

Es sind wirklich Menschenmengen auf der Halde und alle sind ausgelassen, fröhlich und besoffen.

Da passen wir ausgezeichnet dazu. Dass kurze Zeit später ausgerechnet der Jürgen mitsamt seiner Tussi nun ebenfalls hier erscheint, ist zwar ärgerlich, aber nicht zu ändern. Weil es aber, wie gesagt, nur so wimmelt von Menschen, kann man sich auch ganz prima aus dem Weg gehen. Wie ich kurz darauf merke, kann sogar der Jürgen seiner Gabi ganz prima aus dem Weg gehen. Er macht sich nämlich urplötzlich mit einem ganz anderen Weibsbild aus dem Staub. Zustände sind das hier ja wie bei Schweins hinterm Haus. Erst kurz vor Mitternacht kommt er wieder zurück und hat sein Hosentürl offen und 'ne Sektflasche in der Hand. Die schüttelt er ein paarmal ganz kräftig und lässt schließlich den Korken knallen. Und du liebe Scheiße, die ganze Fontäne spritzt ausgerechnet auf den nagelneuen Anorak vom Rudi. Der kriegt auch gleich Zuckungen, das kann man gar nicht erzählen. Reißt sich das nasse Teil vom Leib, wirft es theatralisch auf den Boden und nimmt sich dann wutentbrannt den armen Jürgen vor. Und in null Komma nix ist hier die schönste Prügelei im Gange. Die beiden treten und schlagen und brüllen sich Morddrohungen zu und reißen sich sogar an den Haaren. Sofort ist eine Menschentraube um die beiden versammelt und feuert sie frenetisch an. Das hat schon was, dass wir darüber fast den Jahreswechsel verschwitzen. Erst als die ersten Raketen den Himmel zerschießen und rings um uns herum das Gebölllere losgeht, löst sich der Pulk wieder auf und auch die zwei Streithähne lassen voneinander ab. Der Rudi hockt sich erst mal auf einen der Bierkästen und ringt nach Luft.

»Schön, gell?«, sag ich mit Blick in den Himmel.

»Geht so«, sagt der Rudi und fummelt an seinem Anzug herum. Ich lass ihn mal lieber und geh ein paar Schritte abseits, damit er sich beruhigen kann. Das Feuerwerk ist klasse, die Stimmung der Hammer und an Lautstärke kaum zu überbieten. Am Ende fallen sich wildfremde Menschen in die Arme, und das eine oder andere Pärchen knutscht sich inbrünstig ab. Was wohl meine Susi jetzt grad macht? Ob sie dem blöden Italiener sein lädiertes Händchen hält? Aber was geht mich das an? Schließlich amüsiere ich mich hier mit dem Birkenberger großartig. Wirklich. Die Stimmung ist kaum noch zu toppen.

Nach dem ganzen Feuerwerkspektakel löst sich die Menschenmenge auf der Halde ziemlich schnell wieder auf, und alle machen sich auf den Heimweg. Der Rudi Birkenberger hockt noch immer drüben auf seinem Bierkasten.

Ich geh zu ihm hin. »Jetzt hab dich doch nicht so«, sag ich und hau ihm auf die Schulter. »War doch alles halb so wild.«

»Der ganze Abend ist versaut«, sagt er in seinem typisch weibischen Tonfall. Schließlich aber steht er auf, geht ein paar Schritte und schnappt sich den Anorak vom Boden. Wir gehen gerade Richtung Auto, und da seh ich den Schaschlik-Jürgen, der noch immer wie angenagelt in seiner alten Position dasitzt.

»Mensch, Jürgen, das war doch echt wie auf 'm Kindergeburtstag. Jetzt hab dich doch nicht so«, ruf ich ihm zu. Aber nix. Keinerlei Reaktion. Anscheinend ist der tatsächlich noch mädchenhafter als der Rudi.

Ich geh mal hin und leg den Arm um ihn. Dann schau ich ihn an. Sein Kopf hängt leicht vornüber, und er hat die Augen offen.

»Du, Rudi«, ruf ich. »Wenn ich's nicht besser wüsste, dann tät ich meinen, der ist tot.«

»Wie tot?«

»Ja, tot halt. Tilt. Game over, quasi.«

»So ein Quatsch. Fühl mal den Puls.«

Und ich tu wie mir geheißen.

»Nicht vorhanden«, sag ich.

»Red keinen Schmarrn. Ich hab den doch nicht

umgebracht, verdammte Scheiße«, brüllt der Rudi jetzt.

Ich lege den Jürgen ganz langsam zu Boden und betrachte ihn genau. Er hat ein Einschussloch auf Höhe der Brust. Unglaublich.

»Er hat ein Einschussloch«, sag ich zum Rudi. Der kommt näher, um es mit eigenen Augen zu betrachten.

»Verdammt«, knurrt er dann und tastet in den Innentaschen seines Anoraks.

»Was ist los, Mann?«, frag ich.

»Meine Waffe, verdammt!«, schreit er.

»Du hast deine Waffe dabei? Auf einer privaten Silvesterfeier?«, frag ich und kann ein gewisses Entsetzen nicht ganz verbergen.

»Natürlich hab ich meine Waffe dabei. Die hab ich immer dabei. Als Privatdetektiv kann das Private ganz schnell ins Geschäftliche abdriften«, plärrt er mich an.

»Und was ist jetzt mit der Waffe? Ist sie weg, oder was?«

Der Rudi schüttelt den Kopf. »Nein, weg ist sie nicht. Aber sie ist auch nicht da, wo sie hingehört. Innentasche links unten, das ist ihr Platz. Jetzt ist sie Innentasche oben, verstehst du? Da muss jemand dran gewesen sein.«

Scheiße! Ich muss nachdenken.

»Wer wusste davon? Ich meine, wer hat mitbekommen, dass du 'ne Waffe mit dir rumschleppst?«

Jetzt muss der Rudi nachdenken. Und er fängt an, auf und ab zu laufen.

»Was ist jetzt, Mensch?«, frag ich nach.

»Die Tussi von ihm, diese Gabi, die hab ich vorher auf dem Weg zum Klo getroffen.«

»Weiter!«

»Ja, keine Ahnung, da hat sie mir halt ein bisschen vorgejammert. Von ihrer Beziehung und so. Dass er ein echtes Schwein ist, dieser Jürgen. Dass er sie ständig bescheißt und ihr Geld durchbringt, und wenn sie ihn verlassen will, dann schlägt er sie grün und blau. Lauter so Zeug halt.«

»Weiter!«

»Ja, Scheiße, Mann! Und da hab ich sie halt in den Arm genommen und ein bisschen getröstet. Und da hat sie mich dann eben gefragt, was da so Hartes in meiner Jacke ist«, fährt er fort, dieser Vollidiot.

Ich muss nachdenken. Tausend Gedanken schwirren mir durchs Hirn. Vom Alkohol mag ich gar nicht erst reden.

»Ich glaub mal, dass du ziemlich im Dreck steckst, Birkenberger. Der Typ ist aller Wahrscheinlichkeit nach mit deiner Waffe erschossen worden. Hunderte von Menschen haben zuvor euren Streit mitbekommen. Ziemlich miese Aussichten, mein Freund.«

»Und was sollen wir jetzt machen?«, fragt er kaum hörbar.

»Ich fürchte, wir müssen erst mal die Kollegen rufen«, sag ich.

Das Hosentürl vom Jürgen ist noch immer offen. Das ist würdelos, darum mach ich es zu. Danach schau ich noch nach seinem Ausweis. Schließlich will man ja wissen, wen man da als Toten so vor sich hat.

Wie schließlich die Kollegen aus Gelsenkirchen kommen, ist es genau so, wie wir befürchtet haben. Sie sind erst mal zu zweit, einer mit Brille, der andere mit Ohrring, und sie haben ihren Mörder schnell gefunden. Der Rudi und ich, wir waren ganz ehrlich und haben ihnen die Geschichte so erzählt, wie sie sich eben zugetragen hat. Und kurz darauf klicken auch schon die Handschellen und der Rudi wird auf die Rückbank des Streifenwagens verfrachtet. Anschließend rollt die Spurensicherung an. Und zuletzt ein älterer Herr auf einem Rennrad. Er fährt stehend und tritt wie wild in die Pedale, um den steilen Berg hochzukommen. Alle Achtung.

»Aha, dann sehen wir mal«, sagt er, nachdem er sein Rad abgestellt hat und in Richtung Leiche geht. Der Polizist mit dem Ohrring informiert den rüstigen Radler kurz über den aktuellen Tatbestand. Danach geht er zum Streifenwagen zurück und steigt ein. Als sie losfahren, wirft mir der Birkenberger die sehnlichsten Blicke zu, die ich zeit meines Lebens erhalten habe. Dass sie mich nicht auch noch eingepackt haben, verdanke ich einzig und allein der Tatsache, selber Polizist zu sein. Und das ist in solchen Situationen durchaus von Vorteil. Ich muss die Sache regeln, sonst kann der Rudi die nächsten zehn Jahre wohl in Gelsenkirchen im Knast verbringen. Ich mach mich auf den Weg zum Wagen. Und ich überlege.

Wenn wir einmal davon ausgehen, dass der Jürgen mit dieser Gabi nicht nur Bett, sondern auch Tisch geteilt hat, müsste es ja wohl auch ihre Adresse sein, die auf seinem Ausweis stand.

Also mach ich mich erst mal auf den Weg zu Flöz Sonnenschein. So ein schöner Name für so einen hässlichen Anlass. Ich finde die Hausnummer sofort, steig aus dem Wagen und läute.

»Was willst du hier?«, fragt die Gabi ganz mürrisch durch den Türspalt hindurch.

»Ich muss mit dir reden«, sag ich.

»Ich wüsste nicht, worüber«, sagt sie und ist im Begriff, die Haustür zu schließen.

»Ich bin nur deinetwegen hier, Gabi. Ich persönlich hab überhaupt nichts davon, verstehst du? Wenn es dich also nicht interessiert …«, sag ich und tu so, als ob ich wieder zum Auto zurückwill.

»Meinetwegen, komm rein«, sagt sie und linst über meine Schulter hinweg den Flöz Sonnenschein runter. Ich betrete den winzigen Flur, von dem eine winzige Treppe nach oben führt, und irgendwie hab ich das Gefühl, hier kämen gleich die sieben Zwerge runter.

»Na, dann komm schon«, sagt sie und geht vor mir her in ein winziges Zimmer. Es ist wohl das Wohnzimmer, jedenfalls steht eine Couch drin. Auf die setz ich mich nieder, lehn mich breitbeinig zurück und schau Gabi an. Sie fuchtelt nervös an einer Zigarettenschachtel, kramt ein Feuerzeug hervor und beginnt zu rauchen. Ich schau sie immer noch an. Sagen tu ich nix. Gar nix.

»Also, was ist jetzt?«, fragt sie, nimmt einen hastigen Zug und drückt die Kippe aus.

»Der Jürgen liegt verletzt auf der Halde«, sag ich ganz langsam.

»Wie verletzt? Was meinst du damit? Und was hab

ich damit zu tun?«, sagt sie und zündet sich eine neue Zigarette an.

»Der Alkohol, die Wut, die anderen Weiber. Wieder eine Nacht lang nicht heimgekommen. Die Tussi auf der Halde. Da kommt wohl einiges zusammen, oder?«

»Du sprichst in Rätseln, Alter.«

»Wahrscheinlich wäre deine Rechnung sogar aufgegangen, Gabi. Ein Schuss aus der Waffe vom Rudi, noch dazu, wo der grade noch vor hundert Augen einen handfesten Streit mit dem armen Jürgen gehabt hat. Ein einziger tödlicher Schuss, und der Kerl wär endlich Geschichte, gell? Aber leider, liebe Gabi, verwendet der Rudi eine spezielle Polizeimunition. Mannstopper heißt die im Jargon. Die dringen nicht so weit in den Körper ein«, sag ich und verschränke meine Arme.

Sie schaut mich kurz an, danach aber gleich wieder weg, und geht schließlich rüber zum Fenster. Sie schaut in die Nacht hinaus und zerrt am Vorhang umeinander.

»Ich schlag dir ein Geschäft vor, Gabi«, sag ich. Sie bleibt noch kurz unschlüssig stehen, wendet sich dann aber zu mir um und schaut mich auffordernd an.

»Sagen wir einmal, du hättest gewusst, dass der

Rudi nur diese Mannstopper geladen hat. Dann wär das ja fast schon als Scherz durchgegangen. Du nimmst die Waffe, rein aus einer Silvesterlaune heraus, und drückst ab, so als wenn du eine Wasserpistole in der Hand halten würdest, kapiert? Der Jürgen kriegt kurz einen Schreck und 'nen Kratzer und sonst ist eigentlich gar nichts passiert.«

»Warum sagst du mir das alles?«

»Weil sie dich sonst wegen versuchtem Mord kriegen, Kleine«, sag ich und steh auf. »Die Nummer mit dem Birkenberger, die durchschauen die doch im Handumdrehen. Und dann bist du fällig. Drum rate ich dir, geh lieber gleich zur Polizei und erzähl ihnen, dass es ein Jux war. Ein Spaß und sonst nix.«

Sie starrt auf den Boden.

»Abgesehen davon«, red ich weiter, »dass der Jürgen, ist er erst mal aus dem Krankenhaus raus, wahrscheinlich böse ist mit dir. Richtig böse sogar. Und er kann sich sicherlich erinnern, wie du abgedrückt hast. Aber wenn du ihm sagst, dass du ihm nur einen Schreck einjagen wolltest, dann ist es vielleicht nicht gar so schlimm.«

Jetzt beginnt sie zu weinen.

»Aber wenn die mich fragen, warum ich erst jetzt komme?«, schluchzt sie.

»Dann sagst du einfach, du wolltest zuerst deinen Rausch ausschlafen«, sag ich und steh auf.

Sie starrt wieder auf den Boden.

»Lass dir das durch den Kopf gehen«, sag ich auf dem Weg in die Diele und hoffe inständig, dass sie mir diese Story abkauft. Und dass sie einfach ihren Arsch in Bewegung setzt und in die verdammte Polizeiinspektion fährt, um ein Geständnis abzulegen. Gut, fair war das jetzt nicht. Aber war sie vielleicht fair?

»Warte«, hör ich sie grad noch. Dann schnappt sie ihre Jacke und Tasche vom Haken und folgt mir zum Wagen hinaus.

Gut, besonders glücklich ist sie nicht, als sie auf der Polizeiinspektion nach ihrem ausführlichen Geständnis die reine Wahrheit erfährt. Die Wahrheit, dass ihr Jürgen nun doch übern Jordan ist. Doch richtig unglücklich sieht sie eigentlich auch nicht aus, die Gabi. Mehr erleichtert vielleicht. Aber das gibt es ja häufig. Nein, wirklich, so ein Mörder ist durchaus froh, wenn er seine Taten endlich zugeben kann. Der eine oder andere hat mich nach seinem Geständnis sogar schon umarmt. Das tut die Gabi nicht. Dafür umarmt mich der Birkenberger, wie ich ihn endlich abholen kann. Er umarmt mich so dermaßen, dass es eigentlich schon fast peinlich ist. Außerdem küsst er mich auf jede meiner Wangen. Einige Male sogar. Und er weint ziemlich laut. Anschließend holen wir noch unser Zeug aus »Schloss Berge« und machen uns dann sofort auf den Heimweg. Nichts wie weg von hier. Der Rudi ist froh, dass er nicht mit dem Zug zurückmuss. Fahren kann er allerdings nicht, weil er so verheulte Augen hat. Also fahr ich selber. Und ich ruf die Susi an. Silvester war scheiße, sagt sie. So ganz alleine. Und ob wir vielleicht ein bisschen nachfeiern wollen. Nur wir beide. Sie und ich. Und ob wir das wollen!

Urlaub mit Dick und Doof

Gleich wie ich aus dem Streifenwagen steig und in die Metzgerei reinkomm, ist ein Remmidemmi da drinnen, das kann man kaum glauben. Die Oma ist da und der Heizungspfuscher Flötzinger und das Metzgerpaar Simmerl selbstverständlich auch. Alle sind ganz aufgeregt und reden mit Händen und Füßen und wild durcheinander.

»Habe die Ehre, Dorfgendarm«, sagt der Simmerl, während er ein Messer wetzt.

»Ah, gut, dass du kommst, Bub. Ich hab nämlich was gewonnen«, schreit die Oma, wie sie mich sieht, und wedelt ziemlich siegessicher mit einem Prospekt. »Stell dir vor, einen Kurzurlaub hab ich gewonnen. Und sogar einen für zwei Personen. Bei einem Kreuzworträtsel. ›Kürbiskernsuppe‹ war das Lösungswort. Was sagst dazu, Franz?«

»Kürbiskernsuppe, soso«, sag ich und schau erst mal rein orientierungsbedingt in die heiße Vitrine.

»Hast du das gehört, Franz? Einen Urlaub hat sie gewonnen, einen für zwei Personen«, sagt der Flötzinger relativ aufgeregt.

»Ja, das ist doch wunderbar. Machst mir zwei schöne Fleischpflanzerlsemmeln, Gisela«, sag ich.

»Ist schon recht, Eberhofer«, antwortet sie und schreitet zur Tat.

»Und, wo soll's hingehen?«, frag ich, ohne die Gisela dabei aus den Augen zu lassen.

»Nach Österreich«, sagen der Simmerl und der Flötzinger direkt gleichzeitig.

»Nach Österreich, ja, da schau her! Das wird ihr gefallen, der Oma«, sag ich und beiß voll Inbrunst in meine Semmel.

»Wird es nicht«, sagt der Flötzinger und sucht einen zustimmenden Blick aus dem näheren Umfeld. »Weil sie nämlich gar nicht hinwill.«

»Will sie nicht?«, frag ich.

»Nein!«, sagt der Flötzinger.

»Und warum nicht, wenn ich fragen darf?«

»Weil sie weder zum Törggelen mag noch zum Rafting. Ist aber beides im Programm. Und außerdem gibt's noch ein Livekonzert, Open Air, verstehst. Davon hat sie aber auch relativ wenig, weil sie ja taub ist.«

Dem Flötzinger seine Informationen schmettern wie Maschinengewehrsalven durch die Metzgerei.

»Du willst da also nicht hin?«, frag ich die Oma.

»Nein, will sie nicht«, sagt der Flötzinger.

Ich verdreh die Augen in alle Richtungen.

»Nein, Bub. Das ist doch ein Schmarrn. Warum soll ich mit einem depperten Schlauchboot enge Wasserschluchten hinunterdonnern? Das ist doch was für junge Leut und nix für so eine alte Schachtel. Für euch zum Beispiel. Nimmst halt einen von deinen Spezln mit. Vielleicht den Flötzinger. Oder den Simmerl von mir aus.«

»Der Simmerl bleibt da!«, unterbricht sie die Gisela.

»Und dann macht's euch ein schönes Wochenende, gell. Schau, dir tut das doch auch gut. Dann kannst einmal ein bisserl ausspannen und deinen ganzen Stress von der schweren Polizeiarbeit vergessen«, sagt die Oma weiter und schlenzt mir die Wange. Wo sie recht hat, hat sie recht.

»Ein Wahnsinnswunderwochenende!«, sagt der Flötzinger ganz versonnen.

»Aha. Und wann soll's losgehen?«, frag ich nach.

»Wie viel bin ich schuldig?«, will sie vom Simmerl wissen, der ihr eine Tüte übern Tresen reicht.

»Lass gut sein, Lenerl«, sagt er gönnerhaft und zwinkert mit den Augen.

»Den Simmerl, den nimmt er definitiv nicht mit, dass das klar ist!«, mischt sich dann die Gisela wieder ein. »Weil der Simmerl nämlich nächstes Wochenende endlich mal wieder sein Scheißschlachthaus weißelt. Und zwar picobello. Das hat er mir versprochen.«

»Hehehe!«, knurrt sie der Gatte jetzt an.

»Ja, versprochen ist versprochen«, sagt der Flötzinger und erntet gleich tödliche Blicke von direkt hinterm Tresen.

Die Oma wirft einen Blick in die Runde, zuckt mit den Schultern und geht.

Ich schau mir den Prospekt mal näher an. Hochglanz, farbig. Sehr schön. Lauter junge, dynamische, fröhliche Menschen. Am Tisch, im Boot, in der Sauna, im Pool und natürlich auch auf der Tanzfläche. Die meisten davon sogar echt fesche Weiber. Das kommt gut. Gar keine Frage. Und auch der Text: *Wir gratulieren Ihnen zu einem unvergesslichen Wochenende. Dort, wo Österreich am schönsten ist!*

»Ja«, sag ich. »Das klingt gut. Da fahren wir hin!«

Dann beginnt ein Gekeife, so was hab ich noch niemals erlebt. Weil der Flötzinger und der Simmerl jetzt drüber streiten, wer mich begleiten darf, und die Gisela ständig plärrt, dass der Simmerl hierbleibt und aus! Weil mir das bald zu blöd wird, leg ich mein Geld auf den Tresen und geh.

In den Tagen vor unserem wunderbaren Kurzurlaub bekomm ich Anrufe der abartigsten Sorte. Der Simmerl bedroht mich mit Leberkäsentzug auf Lebenszeit, wenn ich ihn nicht mitnehm. Und der Flötzinger mit Selbstmord, weil er seine Familie beim besten Willen nicht länger ertragen kann und dringend eine Auszeit braucht. Und die Gisela sagt, wenn ich ihren Gatten mitnehm, dann fährt sie mit meiner Susi nach Italien. Und zwar mindestens vier Wochen lang. Aber mir persönlich ist das alles vollkommen wurscht, ich fahr jedenfalls am Freitag um fünf. Und fertig.

Wie ich am Freitag von der Arbeit heimkomm, hockt der Flötzinger bereits auf einem Koffer im Hof. Kaum dass er mich sieht, hopst er auch schon wie ein Kleinkind durch den Kies auf mich zu.

»Was ist mit dem Simmerl?«, frag ich gleich beim Aussteigen.

»Es können doch eh nur zwei, und außerdem hast du es doch selber gehört, Franz, dass er nicht darf. Seine Gisela, die lässt ihn doch nicht weg, jede Wette. Niemals im Leben«, sagt der Flötzinger und hievt sein Gepäck in den Kofferraum. Ich hol dann auch meine Sachen. Es ist Viertel nach fünf, wie wir uns auf den Weg machen. Die Sonne scheint, AC/DC dröhnt aus den Boxen, und alles ist wunderbar. Kurz nach der Ortsausfahrt von Niederkaltenkirchen drück ich aufs Gaspedal und tret durch. Schließlich will man ja keine Sekunde versäumen von so einem Gratiswahnsinnswunderwochenende, gell.

Aber genau das wär uns ein paar Augenblicke später beinah zum Verhängnis geworden. Urplötzlich wächst nämlich mitten aus der Bundesstraße ein Berg. Ich tret die Bremse durch, dass alles nur so quietscht, und komm gut eine Handbreit vor dem Berg zum Stehen. Der Flötzinger knallt an die Frontscheibe.

»Ja sag einmal, spinnst du?«, brüllt er mich an und hält sich das Hirn.

Ich starre durchs Fenster. Es ist kein Berg, sondern ein unheimlich dicker Mann mit Sonnenbrille und Kappe, der jetzt zurückstarrt und mir irgendwie bekannt vorkommt. Er bewegt sich auf uns zu, so schnell, wie sein Umfang es erlaubt. Dabei macht es den Eindruck, als bekäm er seine Haxen nicht recht auseinander. Schließlich reißt er die Hintertür auf, quetscht sich ins Wageninnere und legt sich ganz flach auf die Rückbank.

»Was kann ich für Sie tun?«, frag ich, weil mir nix Besseres einfällt, und dreh mich ganz langsam zu ihm um. Dumm, dass ich die Dienstwaffe zu Hause liegen hab lassen.

»Fahr los!«, brummt der Typ aus dem Hinterhalt raus, und auch die Stimme kommt mir irgendwie bekannt vor.

»Mensch, Simmerl! Was machst du denn hier?«, fragt der Flötzinger jetzt und lüftet damit das Geheimnis um den sonderbaren Neuzugang.

»Fahr los!«, brüllt der Simmerl erneut, und ich tu wie mir geheißen. Dann beginnt er zu erzählen. Von den letzten Tagen. Und von seiner Gisela. Mit welcher Raffinesse sie versucht hat, ihm dieses Wochenende zu vergeigen. So hätte sie wohl alle Koffer versteckt und auch seinen Pass. Hätte seine gute Garderobe komplett in die Reinigung gebracht und sogar den Wagen zur Inspektion angemeldet. Dieses Miststück, sagt er. Aber weil er ja auch kein Depp ist, weiß er natürlich, dass er weder einen Pass noch einen Wagen braucht für einen Trip nach Tirol. Und so hat er sich einfach eine Sonnenbrille gekauft und ein paar neue Klamotten, hat alle übereinander angezogen und ist damit schnurgerade an der Metzgerei vorbeigelatscht in Richtung Bundesstraße. Und jetzt hockt er auf meiner Rückbank und grinst, der Sauhund.

»Und wo willst du jetzt schlafen? Der Gutschein ist doch nur für zwei Personen«, sagt der Flötzinger brummig.

»Ja, wir nehmen halt ein Einzelzimmer dazu und teilen durch drei. Wo ist das Problem?«, sagt der Simmerl, während er den dritten von vier Pullis ablegt.

Der Flötzinger dreht die Musik wieder lauter. »T. N. T.«, singt der Brian. Und wir drei singen mit.

»Rossbachhof« steht auf dem Schild vom Hotel, genau über der großartigen Terrasse. Wir hieven das Gepäck aus dem Wagen, blinzeln kurz in die herrliche Sonne und begeben uns dann zum Empfang. Na gut, so ein kurzer Blick rein ins Panorama ist davor schon noch erlaubt. Diese wunderbaren Berge. Und die wunderbaren Wiesen mit den wunderbaren Kühen. Und der wunderbare Rossbach. Und die wunderbaren Mädels, die dort um den großen Tisch hocken und ratschen und lachen. Mit Trägertops und ganz engen Jeans. Ja, die Aussichten sind wirklich fabelhaft hier. Aber dann gehen wir auch schon rein. Eine dralle Brünette auf dem Lebenszenit und im Dirndl begrüßt uns recht freundlich.

»Servus, miteinander, ich bin die Mizzi«, sagt sie, und dann beäugt sie unseren Gutschein.

»Ah, Gratulation, ihr habt's das Kreuzworträtsel geknackt und den Aufenthalt hier gewonnen!«, lacht sie.

»Die Oma hat das Rätsel geknackt«, sag ich.

»›Kürbiskernsuppe‹ war das Lösungswort, ja, da muss man erst einmal draufkommen, gell«, sagt sie weiter und blättert in ihrem Empfangsbuch. »Zimmer achtzehn, Doppelzimmer mit Balkon.« Sie dreht sich um und schnappt sich einen Schlüssel vom Haken.

»Wir sind zu dritt«, sag ich zu ihr. Sie schaut sich um, zwischen dem Simmerl und mir hin und her und zuckt mit den Schultern. Jetzt erst fällt mir auf, dass der Flötzinger fehlt. Ich geh zurück nach draußen, und da steht er vor der Tür und genießt noch immer den wunderbaren Ausblick direkt auf den Weibertisch.

»Flötzinger«, ruf ich und wink ihn herbei. Er kommt ganz langsam auf mich zu und hat diesen wirren Blick intus, den er immer hat, wenn irgendwo knackiges Weibsvolk lauert.

»Wir sind zu dritt«, wiederhol ich beim erneuten Eintreffen am Empfangstresen. Die Mizzi schaut hinter mich genau auf den Flötzinger und runzelt die Stirn. Irgendwie scheint sie nicht zu kapieren.

»Wir brauchen noch ein Einzelzimmer dazu«, helf ich ihr auf die Sprünge. Der Simmerl kratzt sich am Bauch, der Flötzinger starrt versonnen durchs Fenster und das Dirndl ins Buch.

»Das tut mir leid«, sagt sie und schüttelt den Kopf. »Wir haben kein freies Einzelzimmer mehr.«

Na bravo.

»Doppelzimmer?«

»Weder noch. Wir sind voll bis unters Dach.«

Der Flötzinger findet den Weg zurück in die Erdumlaufbahn.

»Na, Sie werden doch wohl irgendwo ein freies Plätzchen haben hier für unsern Dicken da«, sagt er und setzt sein verführerischstes Lächeln auf. Oder zieht er eine Grimasse? So genau lässt sich das nicht einordnen.

»Bedaure«, sagt die Mizzi leise und seufzt. Der Flötzinger sendet vorwurfsvolle Blicke in Richtung Simmerl.

»Geben Sie uns einfach den Schlüssel, wir kommen schon klar«, sagt der Simmerl jetzt.

»Wie ihr meint. Da ist eh ein Diwan drin in euerm Zimmer, vielleicht haut sich da einer drauf.« Dann rückt sie den Schlüssel raus. »Die Mehrkosten müsst ihr aber schon übernehmen. Auch für das ganze Sonderprogramm, Rafting und so. Der Gutschein gilt ja nur für zwei.«

»Jaja«, sag ich und schnapp mir mein Gepäck.

»Zweihundertneunundneunzig macht das.«

»Das passt, kann man prima durch drei teilen«, sagt der Simmerl auf dem Weg zum Aufzug.

»Kann man nicht«, sagt der Flötzinger.

»Apropos Rafting«, ruft sie noch hinter uns her. »Der Toni, der kommt morgen um acht. Das ist ein staatlich geprüfter Bootsführer. Er macht eine kurze Einweisung mit euch. Und um neune geht's dann los!«

Der Diwan im Zimmer hat circa die Größe von einem Handtuch. Von einem Gästehandtuch, genau genommen. Der Simmerl sagt, er weigert sich, darauf zu schlafen, was eh lächerlich ist, denn da hätt grad mal eine seiner Arschbacken Platz. Der Flötzinger haut sich gleich fett auf eine der Doppelbetthälften und lässt einen ziehen. Damit hat er sein Revier markiert, und keiner will's ihm mehr abspenstig machen. Ich geh mal raus auf den Balkon. Auf dem Nebenbalkon ist ein goldbrauner Typ in Badehosen, und er macht mit seinem Adoniskörper Bewegungen, die mir schon beim Zuschauen den Schweiß auf die Stirn treiben.

»Man muss sich fit halten. Gesundheit ist das Wichtigste«, ruft er zu mir rüber und fächert mit den Armen.

Ich lächle artig und nicke.

»Von nix kommt nix, sag ich immer«, ruft er weiter und trommelt wie Tarzan auf seine Brust. Er nervt. Und ich wünsch ihm alles Mögliche. Und das bringt mich auf eine Idee. Also zieh ich mein Telefon aus der Hosentasche und täusche einen Anruf vor.

»Aha. Sind Sie sicher?«, sag ich in den Hörer. »Verdacht auf Salmonellen, unglaublich … nein, nein, von mir erfährt keiner was, solange der Verdacht nicht bestätigt ist … Genau. Aber ich werde sicherheitshalber dann doch lieber abreisen.«

Dann dreh ich mich ab und winke dem Goldfasan vis-à-vis noch kurz rüber. Er steht stumm da, wischt sich mit dem Handtuch übers Gesicht und verschwindet schnell im Zimmer.

Unser Kellner schaut aus wie der Hansi Hinterseer. Zu unserem Glück singt er nicht. Dafür singt das Nockalm Quintett umso lauter. Open Air quasi. Was keinesfalls besser ist.

Das Gröstl aber ist Spitzenklasse und der Wein keinen Deut schlechter, vom Apfelstrudel ganz zu schweigen. Der Weibertisch ist auch anwesend, aber mehr auf das jodelnde Fünferpack fixiert, wie man an den Schmachtblicken ganz klar ausmachen kann. Die Dralle von vorher kommt zu uns an den Tisch, setzt sich neben den Simmerl und schmeißt eine Runde Himbeergeist. Und zwar direkt von den Himbeeren aus ihrem eigenen Garten. Selbstgebrannter, sagt sie.

Außerdem sagt sie noch, es wäre überraschend ein Gast abgereist und somit ein Zimmer frei. Gleich nebenan. Das könnten wir haben. Dann geht sie an den Weibertisch.

»Die Jungs da drüben sind mit einem Gutschein hier«, erzählt sie ihnen. »Weil sie ein Kreuzworträtsel geknackt haben. ›Kürbiskernsuppe‹ war das Losungswort.«

Damit dürfte sie bei den Mädels jeglichen Hauch von Interesse an uns ins Nirwana geschickt haben.

Um Punkt acht in der Früh kommt der Toni, und auch der schaut aus wie der Hansi Hinterseer, und er redet auch so. Er strahlt übers ganze Gesicht und schwärmt von den Erfahrungen, die er seit Jahren mit dem Raften gemacht hat. Weil halt überhaupt jeder einzelne Muskel im Körper und jede einzelne Gehirnzelle dabei beansprucht wird. Und überhaupt Teamgeist und Vertrauen und Pipapo. Dann zeigt er uns die Neoprenanzüge und auch die Helme. Wir sollen uns jetzt umziehen. Und in zehn Minuten würd es dann auch schon losgehen.

Um halb zehn wälzt sich der Simmerl noch immer auf der Erde, und wir versuchen zu dritt, den Reißverschluss von seinem Anzug zu schließen. Wie er da so am Boden liegt, der Simmerl, in diesem schwarz glänzenden hautengen Teil und mit dem grünen Helm, da erinnert er mich irgendwie an eine Aubergine. Ja, genauso schaut er grad aus, wie eine Riesenaubergine. Und dann, wie der Anzug endlich hinten zu ist, macht's vorne einen Knall, und das Teil ist von oben bis unten aufgerissen. Jetzt wird er aber sauer, der Toni. Dem Simmerl ist das peinlich, das sieht man. Erst recht, wie er merkt, dass ausgerechnet die Weiberrunde von gestern drüben am Schlauchboot steht. Ebenfalls neoprenverpackt und offensichtlich schon länger auf die Abfahrt wartend. Also beschließt der Toni ein bisschen genervt, in diesem einen speziellen Ausnahmefall auf die Anzugpflicht zu verzichten. Eine Schwimmweste tut's auch, sagt er, und die hat er Gott sei Dank etwas größer. Dann schnappen sich alle ein Paddel, und endlich geht's los.

Wir sind zu zehnt, wenn man den Toni mal mitzählt. Der hockt als staatlich geprüfter Bootsführer natürlich hinten und ruft ständig irgendwelche Anweisungen nach vorne. Anfangs geht's recht gemächlich zur Sache, und ich frag mich, wozu der ganze Humbug mit Neopren und Helm und Weste. Wie aber der Flötzinger plötzlich von hinten direkt an mir vorbei ins Wasser knallt, ist es mir dann schon ziemlich klar. Sekunden später knallen alle anderen ebenso ins Wasser. Alle außer dem Simmerl. Der hockt wie einbetoniert in diesem Schlauchboot und grinst runter ins Wasser. Einen Moment jedenfalls. Dann kentert das Boot und mit ihm der Simmerl. Der Toni brüllt wieder Anweisungen durch die Gegend, und nach und nach und unter enormen Kraftaufwendungen schaffens dann alle wieder ins Schlauchboot.

Danach wird's richtig brisant. Weil nämlich jetzt erst der höchste Schwierigkeitsgrad der ganzen Tour kommt, brüllt der Toni. Und wir sollen uns auf einiges gefasst machen. Also machen wir uns auf einiges gefasst. Was aber eh wurscht ist, weil auch wenn wir uns nicht gefasst gemacht hätten, würden wir jetzt gegen Felsvorsprünge knallen, durch die Luft segeln, literweise Wasser schlucken und irgendwie versuchen, das Gleichgewicht nicht zu verlieren. Dabei muss der

Flötzinger kotzen. Wahrscheinlich ist ihm schlecht. Irgendwie hab ich mir schon gestern gedacht, dass es ein Schmarrn ist, gleich siebzehn von diesen Himbeergeist hinunterzuschütten. Die Mädels wirken leicht angewidert. Und der Toni, der brüllt den Flötzinger an, so was hab ich noch niemals erlebt. Mitten im Gebrülle knallt das Boot an eine Steilwand, und wir kentern schon wieder. Wenigstens ist das Gekotzte jetzt weg. Wieder zurück im Boot, sehen wir den Simmerl am Ufer stehen. Er winkt und ruft, dass er keine Lust mehr hat auf das ganze Rafting und dass er lieber zu Fuß zurückgeht. Wahrscheinlich ist es ihm unangenehm, dass wir ihn immer ins Boot hieven mussten.

Irgendwie bin ich aber letztendlich auch ziemlich froh, wie die Fahrt vorüber ist. Besonders, weil am Landungssteg eine Biergarnitur aufgebaut steht. Und nachdem wir Neopren wieder gegen unsere eigenen Sachen getauscht haben, hocken wir uns dort nieder, und es gibt eine großartige Brotzeit und ein erstklassiges Bier. Das ist zünftig. Der Toni lässt ein paar Raftinggeschichten vom Stapel, und die Mädels kichern und hängen ihm an den Lippen und sind einfach unglaublich albern. Zwei Stunden später hat sich der Toni dann endlich für eine von ihnen entschieden, und Hand in Hand verlassen sie die Runde. Das ist prima. So bleiben die restlichen fünf für uns übrig. Und jetzt legt sich der Flötzinger ins Zeug. Er erzählt von seinem aufregenden Leben als Gas-Wasser-und-Heizungspfuscher und versucht allen Ernstes, damit Eindruck zu schinden. Aber nur kurz. Dann erreicht ein weiteres Schlauchboot den Steg, und aussteigen tut das Nockalm Quintett. Unsere fünf Grazien beginnen zu kreischen und flitzen mit erhobenen Armen der alternden österreichischen Boygroup entgegen. Der Flötzinger starrt hinterher. Und ich nehm erst mal einen großen Schluck Bier. Augenblicke später erscheint dann der Simmerl. Er ist barfuß und weint, und in jeder Hand hält er einen seiner Neoprenschuhe. Er sagt, er wär jetzt drei Stunden lang durch diesen furchtbaren Wald geirrt, und das Plastik von diesen Scheißschuhen hat sich direkt in seine Fußsohlen gefressen. Wir schauen uns seine Füße an. Die sehen gar nicht gut aus. Frag nicht.

Hinterher, wie der Notarzt endlich weg ist, hockt der Simmerl mit zwei bandagierten Haxen auf der wunderbaren Terrasse und trinkt einen Rotwein. Die Mizzi sitzt daneben und schneidet ihm Speck in mundgerechte Happen. Ich frag mich, wozu. An seinen Händen fehlt ihm doch nix.

Der Flötzinger und ich, wir gehen ein paar Schritte bergauf. Die Luft hier ist herrlich. Weiter oben auf einer Alm hauen wir uns in die Wiese und schauen ins Tal. Die Kühe hinterm Weidezaun beobachten uns. Sie kauen gemächlich und vertreiben fortwährend Fliegen mit ihrem Schwanz.

»Die Kuhglocken sind wunderbar«, sagt der Flötzinger.

Ich nicke.

»Morgen geht's schon wieder zurück«, sagt er weiter.

»So ist das Leben«, sag ich.

»Vielleicht gewinnt sie ja wieder mal was, deine Oma? So ein Wahnsinnswunderwochenende.«

»Wer weiß.«

»Du, Franz, schau mal, das Weibsbild, das dort unten wie wild auf den Simmerl eindrischt, ist das nicht die Gisela?«

Wie der Rudi einmal fast den Nobelpreis bekam

»Franz!«, ruft der Rudi aus seinem Krankenbett heraus, kaum dass ich zur Tür reinkomme. Und nie zuvor hätt ich gedacht, dass mir mein Name aus seinem Mund einmal die Freudentränen in die Augen treiben würde. Sonst hat's mich ja relativ häufig eher echt nur genervt. Dieses ständige »Franz hier, Franz dort«! Oft gepaart mit diesem vorwurfsvollen Unterton. Aber, dieses Mal, doch, dieses Mal bin ich echt mehr als beglückt, das muss ich schon sagen. Zwar liegt er immer noch eingegipst vom Kopf bis zum Zeh hier im Krankenhaus rum und ist auch heute wieder ziemlich käsig um seinen Zinken. Doch offenbar erkennt er mich jetzt wenigstens wieder, was er die letzten Wochen, genauer: seit unserem dämlichen Unfall, eben nicht getan hat. Im Grunde hatte er ja noch nicht einmal den leisesten Schimmer, wer er selber eigentlich war …

»Rudi«, hab ich zu ihm gesagt, gleich wo er nach langen Tagen der Ungewissheit, des Hoffens und Bangens endlich wieder zu sich gekommen war. »Rudi«, hab ich gesagt. »Gott sei Dank, dass du wieder da bist! Wie geht es dir denn? Tut dir was weh, oder ist der Gips nur zur Zierde?«

Völlig verwirrt hat er mich da angeschaut, der Birkenberger Rudi. Mein Exkollege bei der bayrischen Polizei. Mein großer Helfer in den verzwicktesten Mordfällen. Mein jahrelanger Partner. Und ja, manchmal auch so was wie eine Art Freund.

»Wer … wer zum Teufel sind Sie?«, hat er aus seinen Federn herausgemurmelt und mich so seltsam verwirrt angestarrt. »Und was sitzen Sie da auf meiner Bettkante herum?«

Zuerst da hab ich ja noch gelacht. Hab ihm kameradschaftlich auf seinen blöden Gips gehaut und mich vor Lachen geschüttelt. Weil ich mich doch so gefreut hab, dass er gleich ganz geschmeidig so ein Späßchen raushaut, kaum dass er endlich seine Augen wieder offen hat.

»Aua!«, hat er mir da plötzlich hergeschrien. Und

das klang gar nicht nach Späßchen. »Was erlauben Sie sich!«

»Mensch, Rudi, ich bin's doch, der Franz!«

»Hören Sie: Ich heiße nicht Rudi, und der einzige Franz, den ich je kannte, der ist bereits verstorben. Und überhaupt: Verlassen Sie bitte umgehend den Raum. Ich habe lebensgefährliche Verletzungen, wie mir der Arzt soeben versichert hat und man ja auch ohnehin wohl unschwer ausmachen kann. Dementsprechend benötige ich Ruhe.«

»Rudi, jetzt chill mal, ich komm dich hier nur kurz besuchen, und nicht das erste Mal ...«

»Ich soll chillen?! Nein, ich chille nicht! Und was in Gottes Namen wollen Sie denn von mir?«

»Wie gesagt, nur ein kurzer Besuch.«

»Vielen Dank. Aber ich möchte keinerlei Besuche. Ganz generell nicht. Ich will ja noch nicht einmal von meiner eigenen Familie besucht werden, ganz zu schweigen von einem völlig Fremden. Wenn Sie also nun bitte die Güte haben würden, endlich zu gehen.«

Gut, das war jetzt kein Spaß mehr. Nein, gar nicht. So ein guter Schauspieler war der Rudi nicht. Und das hier, das war ja noch nicht mal mein Rudi. Und ich schwör's, wenn ich sein Gesicht trotz der zahlreichen Schwellungen und Blessuren nicht so gut kennen würde, wie ich es nun einmal tu, dann hätte ich tatsächlich angenommen, ich wär hier im falschen Zimmer. Sogar seine Stimme war plötzlich eine ganz andere und mir völlig fremd. Da war ich jetzt ziemlich perplex und schockiert, muss ich schon sagen.

Draußen im Flur war dann aber wenigstens eine recht freundliche Krankenschwester, und die hat mich erst mal beiseitegenommen und ein bisschen beruhigen können. Ja, hat sie zu mir gesagt, so was kann durchaus das eine oder andere Mal vorkommen. Manche Patienten, die bräuchten eben ein Weilchen, um nach einem traumatischen Unfall wieder in ihre Realität zurückzukommen. Da muss man einfach ein wenig Geduld aufbringen, dann wird sicherlich bald alles wieder gut.

Der nächste Krankenbesuch war aber keineswegs besser. Ganz im Gegenteil. Einfach deshalb, weil dieser eingegipste Kasper da im Bett plötzlich felsenfest drauf bestanden hat, nicht im Entferntesten Rudi Birkenberger zu heißen, sondern Hermann von Gröben. Aha. Ja, und selbstverständlich wär er doch bittschön kein popeliger Privatdetektiv mehr! Er, Hermann von Gröben, sei tatsächlich DER Hermann von Gröben, der weltbekannte Physiker, der im Übrigen den diesjährigen Nobelpreis erhalten würde. Und eben genau auf dem Weg zu dieser Verleihung, also dorthin nach Stockholm, da wär er nun unglücklicherweise und ausgerechnet mit seinem Privatjet, den er selbstredend höchstpersönlich gesteuert hat, irgendwo in der Pampa abgestürzt und hätte sich danach tagelang kriechenderweise und von Beeren und Würmern ernährend in Sicherheit gerobbt. Ja, so hat er das alles erzählt, der Rudi. Bedauerlich, wirklich bedauerlich.

Was also tun?

»Schau, Rudi«, hab ich da anschließend gesagt, hab mein Handy hervorgeholt und es ihm genau unter die Nase gehalten. »Da schau her, da sind doch wir zwei drauf. Kannst du das sehen? Dort ich und da du. Hier, in meinem Streifenwagen. Und da beim Wolfi am Tresen, kannst du das sehen? Und hier … warte, hier bist du drauf, und zwar mit meinem Ludwig bei uns im Garten. Da haben wir Wammerl gegrillt, erinnerst du dich? Jetzt schau doch mal hin, in Herrgottsnamen!«

»Sie sollten sich wirklich psychologische Hilfe holen, mein Wertester«, brummt der Herr von Gröben da aus seinem Gipsbett heraus.

»Ja, zefix, Rudi, was ist denn los mit dir?! Verarscht du mich jetzt, oder was soll das? Schau doch mal: Hier auf diesem Foto, das sind doch wir beide, Rudi! Da bin ich, und dort bist du. Das sieht man doch deutlich. Oder haben sie dir die Augen jetzt auch noch eingegipst, oder was?«

»Was fällt Ihnen eigentlich ein? Natürlich sehe ich exzellent auf meinen beiden Augen. Die funktionieren einwandfrei. Und natürlich kann ich Sie auf diesem Bild sehr gut erkennen, obwohl die Qualität in der Tat mehr als mangelhaft ist. Wen ich jedoch mit Sicherheit nicht erkenne, ist dieser Mann dort daneben, verstehen Sie das? Dieser Mann … das mag sein, wer immer auch will. Ich … ich bin das jedenfalls nicht!«

Da haben mir dann direkt die Worte gefehlt. Regelrecht unheimlich war das, wie ich den Rudi so dasitzen sehe und langsam glaube, er hat seine winzige Portion Restverstand verloren. Ich konnte ihn nur noch anstarren, und wahrscheinlich hab ich nicht einmal den Mund mehr zugekriegt.

Stattdessen war nun der Rudi gesprächiger geworden. Hat mir sehr mitfühlend und tief in die Augen geschaut und obendrein so einen … ja, fast väterlichen Tonfall bekommen. Und in diesem Tonfall hat er also angefangen, aus seinem Leben zu erzählen, das doch so ganz anders klang, als es mir in Erinnerung war. In der Version von diesem Herrn von Gröben nämlich, da war er mit einer brasilianischen Schönheitskönigin namens Fernanda verheiratet, lebte auf einem Gut in der Nähe von Florenz und hatte vier prachtvolle Kinder. Da schau einer an!

An dieser Stelle bin ich dann aber aufgestanden und hab grußlos den Raum verlassen.

Verdammt, was war denn nur geschehen? Und wo war er hin, mein guter alter Rudi? Dieser kleine Kerl mit seiner mickrigen Haarpracht und dem riesigen Herzen. Der die beleidigtste Leberwurst diesseits und jenseits der Alpen sein konnte. Mit seiner nervtötenden, weibischen Ader und dem schlechtesten Klamottengeschmack, den man sich überhaupt nur vorstellen kann. Wo war er, dieser Rudi, Herrschaftszeiten?

Der Typ hier im Bett hatte mit meinem Rudi jedenfalls rein gar nichts zu tun. Nichtsdestotrotz hab ich ihn aber wieder und wieder und wieder besucht.

»Herr von Gröben«, sag ich wieder einmal gleich beim Eintreten in sein Krankenzimmer, und offenkundig scheint ihn das inzwischen zu freuen.

»Schön, dass Sie langsam Vernunft annehmen, mein Freund«, lächelt er dieses Mal nämlich milde und deutet mit dem Kopf Richtung Stuhl. Den zieh ich also hervor und setze mich zu ihm. »Verraten Sie mir nun auch Ihren Namen?«

»Eberhofer. Franz Eberhofer«, sag ich und kann gar nicht glauben, was ich da sag.

»Fein, Herr Eberhofer«, sagt er, und das klingt nun so was von seltsam, dass ich richtig laut auflachen muss.

»Sie driften mir nun aber nicht schon wieder ins Alberne ab?«, fragt er mit einem mahnenden Unterton. So reiß ich mich also zusammen und schüttle kleinlaut den Kopf. Heute hab ich ein paar Semmeln dabei. Mit frischen, kalten Fleischpflanzerln von der Oma, weil die der Rudi immer geliebt hat wie sonst kaum was auf dieser Welt.

»Herr, hähä. Also … Herr von Gröben«, sag ich, muss mich kurz räuspern und hol mir dabei eine der

Fleischpflanzerlsemmeln aus der Tupperbox. »Ihre Familie, also praktisch Ihre Frau und die vier prachtvollen Kinder, waren die inzwischen eigentlich schon zu Besuch hier?«

»Nein, Gott bewahre! Wo denken Sie hin«, entgegnet er, während er krampfhaft versucht, ein wenig in die Vertikale zu kommen, was freilich zum Scheitern verurteilt ist. Dabei schielt er ausgesprochen neugierig zu meiner kleinen Brotzeit rüber. »Was haben Sie denn da?«

»Mei, bloß ein paar Fleischplanzerl von der Oma«, schmatz ich kauenderweise. »Aber die sind echt göttlich!«

»Aha«, sagt er und leckt sich den Mund.

»Wollen S' vielleicht einmal beißen?«, frag ich und halt ihm meine Semmel entgegen. Und schau ihm dabei direkt in seine gierigen Augen rein.

Ein Herr von Gröben würde hier dankend ablehnen.

Ein Birkenberger nicht.

Er schüttelt den Kopf.

Schade.

»Danke«, sagt er und sinkt auf sein Kissen zurück. »Obwohl das Essen hier wirklich gelinde gesagt fürchterlich ist.«

»Also mit fürchterlichem Essen, da könntens mich jagen. Da würd ich ja niemals wieder gesund werden, das könnens mir glauben. Aber wurscht, zurück zu Ihrer Familie, Herr von Gröben. Warum genau kommen denn Ihre Spezl eigentlich nicht?«

»Ach Gott, die wissen doch gar nichts von diesem unsäglichen Unglück hier. Die denken doch alle, ich wäre in Stockholm, verstehen Sie. Meine Frau, herrje, die würde ja glattweg umkommen vor lauter Kummer und Sorge um mich. Sie ist doch so unglaublich sensibel, müssen Sie wissen. Die Kinder und ich, wir sind eben ihr Ein und Alles.«

»Aha. Ihr Ein und Alles, gell. Ja, ja, versteh schon«, nick ich und schnapp mir jetzt die zweite der Semmeln. Er startet einen weiteren Versuch, sich aufzurichten, freilich wieder mehr schlecht als recht.

»Vielleicht doch einen klitzekleinen Happen?«, frag ich hier nach und halt ihm erneut die Semmel unter die Nase.

»Nun gut, meinetwegen«, entgegnet er dieses Mal. »Immerhin ist die ja auch noch nicht angebissen.« Und da seh ich schon, wie was passiert, mit dem Herrn von Gröben.

Er nimmt noch mal einen tiefen Zug durch die Nase, schließt die Augen, und kurz bevor er in die

Fleischpflanzerlsemmel reinbeißt, sieht man schon, wie ihm der Zahn trieft. Die Augen öffnet er immer nur für einen ganz kurzen Moment, wenn er reinbeißt, und dann kaut er und kaut, und jetzt muss doch langsam was passieren, zefix! Aber nix.

»Und?«, frag ich deswegen nach dem letzten Happen. »Dämmert da was?«

»Ja, ja, warten Sie nur«, sagt er, genüsslich kauend. »Ich glaub, ja, ja, jetzt kann ich mich tatsächlich erinnern«, sagt er und scheint zu überlegen. Dann strahlt er mich plötzlich voller Begeisterung an.

Bingo, ich denk mal, mein Plan dürfte aufgehen!

So verschränk ich die Arme, leg meinen Kopf schief und schau ihm erwartungsfroh grinsend entgegen.

»Die ganze Zeit über«, fährt er nun fort. »Die ganze Zeit über hab ich gewusst, dass ich diese göttlichen Fleischpflanzerl von irgendwoher kenne. Leider wollte und wollte mir nicht einfallen, woher.«

»Und jetzt?«

»Weiß ich es wieder.«

»Aha! Und darf ich fragen, woher?«, frag ich siegessicher nach.

»Na, das war doch tatsächlich bei diesem, ha … Ja, einem wirklich unglaublich exquisiten Dinner von diesem Alfons Schuhbeck. Ich glaube, das war zum zehnjährigen Dienstjubiläum von Herrn Professor Metternich. Oder ist es etwa schon das fünfzehnte gewesen?«

»Rudi, zefix!«, sag ich, steh auf und geh Richtung Ausgang. »Jetzt langt's mir endgültig, verstehst! Das wird mir jetzt echt langsam zu deppert! Meine Nummer, die hast ja. Meldst dich halt einfach, wenn du den Gröben in die Wüste geschickt hast und wieder unter den geistig Versierten verweilst, gell. Haben wir uns verstanden? Ganz abgesehen davon, sind die Fleischplanzerl von der Oma um Klassen besser, als es die vom Schubeck je sein werden! So und jetzt servus.«

Dann knall ich die Tür zu.

In meiner ganzen Verzweiflung und weil mir ums Verrecken nix anderes mehr einfallen will, muss ich mich irgendwann einfach an unseren langjährigen Polizeipsychologen Dr. Dr. Spechtl wenden. Ich berichte ihm dann auch haarklein von diesem ganzen Malheur. Er hört mir zunächst sehr lange und aufmerksam zu, um mir im Anschluss daran seine Erfahrungen und das daraus resultierende Fachwissen nur so um die Ohren zu hauen. Ja, sagt er und schaut mir ganz tief in die Augen. Bei Menschen, die kurz-

oder langfristig die eigene Identität verloren hätten, da komme es zwar selten, aber doch manchmal vor, dass sie sich halt einfach eine neue zusammenschustern. Also: Identität. Eine völlig andere sozusagen. Sie basteln sich quasi eine ganz eigene Welt zusammen, die sie gern gegen ihre eigene, also die reale, austauschen würden. Das ist ja jetzt echt allerhand!

»Sie behaupten also«, muss ich hier nachhaken, »dass der Rudi lieber ein weltbekannter Physiker wäre, der mit einer schönen Frau und vier Kindern in Italien lebt?«

»Statt ein popeliger Privatdetektiv in Bayern zu sein? Wenn Sie die Wahl hätten, Eberhofer? Wie würden Sie sich entscheiden?«, fragt er da noch, doch ich schüttle den Kopf. Meine Entscheidung, die müsste ich noch nicht mal für den Bruchteil einer Sekunde überdenken. Was aber wurscht ist, schließlich geht's ja ohnehin nicht um mich.

Jedenfalls ist es dann auch von einem Moment zum anderen ohnehin völlig überflüssig, sich weiterhin diesen Kopf noch zu zerbrechen. Weil ausgerechnet jetzt nämlich mein Telefon läutet und die nette Schwester aus dem Krankenhaus dran ist. Der Rudi, sagt sie sehr fröhlich, sei gerade auf dem Rückweg in sein altes Leben und er würde auch um einen zeitnahen Besuch von mir bitten. Jetzt erst mal durchschnaufen. So verabschiede ich mich also artig vom Spechtl und mach mich prompt auf den Weg zu meinem Auto.

Komisch, trotz aller Erleichterung und obwohl ich mich nun wohl freuen sollte, fühl ich mich irgendwie gar nicht recht wohl und bin auch ein bisschen hin- und hergerissen. Denn obwohl mir die Abwesenheit vom Rudi in der letzten Zeit ganz gehörig auf die Eier gegangen ist: Seine so plötzliche Anwesenheit muss ich nun auch erst mal verarbeiten. Das ist ungefähr so, wie wenn man unerwartet Besuch kriegt und nicht aufgeräumt hat. Was ja normalerweise immer der Fall ist. Also bei mir jedenfalls. Und ganz genauso fühl ich mich grad. Und irgendwie zieht grad unser ganzes gemeinsames Leben so an mir vorbei. Unglaublich, wirklich!

Wenn ich zum Beispiel nur mal so dran denk, wie er sich damals überhaupt in mein Leben geschlichen hat, das war schon total strange, keine Frage. Beim polizeilichen Einstellungstest in München ist das gewesen. Rein zufällig sind wir beide damals in derselben Schlange gestanden und halt irgendwie ins Gespräch gekommen. Jedenfalls behauptet der Rudi bis heute, dass es rein zufällig war. Egal. Jedenfalls waren wir hinterher eben noch auf ein Bier oder zwei. Und nur kurze Zeit später, da war dann auch schon mein allererster Dienstantritt, und da ist der Rudi dann nicht nur in der gleichen PI gelandet. Nein, wir waren auch noch im gleichen Schlafsaal untergebracht! Nachttisch an Nachttisch. Unzählige Male hab ich ihn hinterher danach gefragt, wie zum Teufel er das bloß angestellt hat, und unzählige Male hat er steif und fest behauptet, das alles wär einfach ein Zufall gewesen.

Ja klar.

Vielleicht könnte man sagen, ich hab mir den Rudi irgendwann in den Neunzigerjahren eingetreten und ihn seitdem nicht mehr losgekriegt. Aber wurscht.

»Franz!«, ist das Erste, was ich nun also von ihm hör, gleich, wie ich zur Tür reinkomme. »Hast du ein Ladekabel?«

Ein Ladekabel. Ist das sein Ernst? Er spricht seit Lichtjahren wieder normal mit mir – und fragt als Erstes nach einem Ladekabel?

»Für was brauchst du ein Ladekabel?«, sag ich, weil mir grad nix Besseres einfällt.

»Handy?«, fragt er zurück und wackelt nervös mit dem Kopf.

»Rudi«, sag ich, zieh mir den Stuhl her und setz mich nieder. »Sag einmal: geht's noch?! Du bist jetzt seit ewiger Zeit zum ersten Mal wieder der Alte. Wär es eigentlich zu viel verlangt, dass du mir vielleicht erst mal erzählst, was du von den letzten Tagen so mitbekommen hast?«

»Ich? Mitbekommen? Was soll ich denn mitbekommen haben? Gar nix hab ich mitbekommen.« Da war er schon wieder, dieser beleidigte Rudi-Ton, Jesses!

»Du hast wirklich keinerlei Ahnung, was hier die letzten Tage passiert ist?«

»Was soll denn bittschön in den letzten Tagen hier passiert sein, Franz? Es ist nichts passiert, rein gar nix ist passiert. Ich bin hier gelegen, völlig lädiert und alleine und hab ständig zur Tür geschaut und auf dich gewartet. Wenn du das mit ›passieren‹ meinst!«

»Sag einmal, spinnst du jetzt total? Ich bin ständig da gewesen, Rudi! Nur rate mal, wer nicht da war. Na? Genau: Statt Rudi Birkenberger lag hier ein gewisser Herr von Gröben in deinem Bett und ist mir ganz tierisch auf die Eier gegangen«, sag ich und erzähl ihm dann relativ ausführlich von seinem Alter

Ego. Auch die Passage vom Dr. Dr. Spechtl lass ich nicht aus.

»Hätt ich gewusst«, sag ich abschließend. »Dass es nicht dein großer Lebenstraum ist, an meiner Seite alt zu werden, Rudi. Dann hätte ich doch schon längstens mit dir Schluss gemacht. Immerhin will ich es nicht sein, der deinem Glück im Weg steht.«

»Du wirst meinem Glück immer im Weg stehen, Franz. Aber das ist nun mal Fügung. Doch was anderes: Diesen Gröben, von dem du erzählt hast, den hat es übrigens tatsächlich gegeben. Ich hatte mal einen Auftrag von dem, ist aber schon eine schiere Ewigkeit her.«

»Ach, echt? Erzähl!«

»Ja, mei. Lass mich kurz überlegen … Wie war das noch mal. Genau! Also, ich sollte seine Frau observieren, weil er eben ständig auf dem ganzen Planeten unterwegs war und sie … Mein Gott! Was war das für ein Weib, wirklich der Wahnsinn!«

»Mit vier prachtvollen Kindern und 'ner Villa in Bella Italia. Ja, ja, ich kenn diese Geschichte inzwischen ganz gut, Rudi. Hat mir der Herr von Gröben ja jeden Tag mindestens zweimal erzählt.«

»Ach, tatsächlich?! Ja, mei, damals, da hab ich mir halt schon echt oft gedacht: Mensch, so könnte man wohl auch wunderbar leben, oder? Das wär doch ein Traum.«

»Aber?«

»Na ja. Wie das Leben halt so spielt, gell. Dann, als die wunderschöne Frau von Gröben gleich hintereinander mit dem Gärtner, dem Nachbarn und dem Steuerberater in die Federn gesprungen war, gleich da bin ich dann schon wieder ziemlich zufrieden mit meinem eigenen Dasein gewesen.«

»Verstehe.«

»Ich weiß. Sag mal, Franz. Jetzt, wo du schon einmal da bist, könntest du mich vielleicht mal kurz über der rechten Augenbraue kratzen?«, fragt er, und so kratze ich eben. Weil das ist schon blöd, wenn man seine Hände in diesem Gips hat und es einen trotzdem kitzelt über der Augenbraue. Also kratz ich ihm erst seine rechte Augenbraue und danach die linke. Und die beiden Ohren ebenfalls. Erst bei der Frage, ob ich ihm denn nicht auch gleich die Fußnägel schneiden kann, erst da mach ich mich dann lieber mal vom Acker.

»Keine Fußnägel?«, ruft er mir noch im Rausgehen nach. Und dieser vorwurfsvolle Ton in der Stimme, der klingt verdammt nach dem alten Rudi. »Vergiss es!«, ruf ich retour.

»Das ist echt gemein, Franz. Jetzt, wo du mich endlich zurückhast, da könntest du mir doch diesen kleinen Gefallen leicht tun. Du bist und bleibst einfach ein elendiger Egoist!«

»Ja, ich dich auch, Rudi«, murmele ich noch, dann fällt auch schon die Tür ins Schloss.

»Ich dich auch.«

Der Franz und sein Geburtstag

Und jetzt hängen wir noch kurz die ›Ludwig-Geschichte‹ hinten dran. Speziell für die Leser, die sie nicht schon aus ›Kaiserschmarrndrama‹ kennen. Wer sie aber doch schon kennt, kann sie ja gern ein zweites Mal lesen. Schadet ja nicht, gell. Viel Spaß!

Die Oma hat eine Riesenüberraschung für mich. Sie plant seit Wochen umeinander. Meinen dreißigsten Geburtstag will sie feiern. Mit allem Pipapo. Und sie denkt natürlich, ich weiß von nix. Aber ich weiß alles. Da hab ich als Polizist schon berufsbedingt ein Näschen dafür. Ja, ich weiß alles. Und es ist furchtbar.

Gleich, wie ich aus dem Streifenwagen steig, kann ich es schon sehen. Der ganze Hof ist voll. Rappelvoll würd ich mal sagen. Sie steht mittig, die Oma. Nicht, dass man sie sehen tät, das nicht. Dafür hört man sie gut.

»Happy Birthday!«, schreit sie aus Leibeskräften. Und alle anderen natürlich gleich mit.

Die Oma kommt auf mich zugewatschelt, stellt sich auf die Zehenspitzen und schlenzt mir die Wange.

»Ja«, sagt sie. »Jetzt ist es aus mit deiner Jugend, gell. Aus und vorbei. Für immer und ewig. Wunderbare Schuhe hast du. Sind die neu?«

Ich nicke.

Nagelneu sind die. Und schweineteuer. Seit Wochen schau ich sie mir im Schaufenster an. Und heut hab ich zugeschlagen. Sozusagen als Geburtstagsgeschenk. Vom Franz für den lieben Franz. Zum Dreißigsten halt.

Der Papa kommt mir entgegen und drückt mich. »Alles Gute, Franz«, sagt er. »Wird ja langsam Zeit, dass du ans Heiraten denkst. Jetzt, wo du schon den dritten Nuller feierst.« Er deutet mit dem Kinn so was von auffällig zur Susi rüber, und die wird rot wie ein Ferrari.

Ganz aufs Kommando ertönt jetzt der ›Schneewalzer‹. Gespielt wird der von der Blaskapelle Niederkaltenkirchen. Ich hasse Blasmusik.

Einer nach dem anderen überbringt mir dann seine Glückwünsche, die ich wegen dem Walzer nicht hören kann, und Geschenke, die ich mit Sicherheit nicht haben will. Es ist erbärmlich. Und bloß wegen der Null. Um die anderen Geburtstage macht doch auch niemand ein Geschiss. Keine Ahnung, wer sich diesen Schmarrn mit der Null ausgedacht hat.

Jetzt rollt der Simmerl in den Hof mitsamt seiner lustigen Metzgersgattin Gisela. Die beiden steigen einträchtig aus dem Lieferwagen und laden ein Spanferkel aus, das geruchstechnisch gleich den ganzen Hof beschlagnahmt. Mir trieft der Zahn.

»Geh, Liesl«, schreit die Oma ihre Busenfreundin, die Mooshammer Liesl, an, als wäre die taub und nicht sie selber. »Hilf mir beim Raustragen!« Die Liesl gehorcht auf der Stelle, und beide wandern Richtung Küche, um Augenblicke später mit Bergen von Knödeln und Eimern voll Kraut zurückzukommen.

Im Handumdrehen hockt die komplette Geburtstagsgesellschaft auf den Bierbänken und lechzt nach Essen. Der Simmerl und die Gisela verteilen das Fleisch, die Oma bringt die Knödel, die Liesl das Kraut und der Papa die Soße. Ich krieg natürlich die erste Portion, so, wie es sich gehört.

Alles wär jetzt wunderbar gewesen, wenn nicht irgendjemand nach Bier gerufen hätte. »Du, Franz, magst so gut sein und die Gäste mit Bier versorgen?«, fragt mich der Papa. »Wirst ja nicht jeden Tag dreißig.«

Der Franz mag nicht, aber was bleibt ihm auch anderes übrig? Nach dem zeitintensiven Ausschank ist mein Essen freilich kalt. Schmecken tut es aber trotzdem. Oder tät es, wenn nicht akkurat in dem Moment der Flötzinger gekommen wär.

Der Flötzinger hat seine Mary dabei. Die ist hochschwanger und kann kaum noch laufen, und irgendwie befürchte ich, dass sie hier gleich platzen wird.

»Entschuldige, wenn wir zu spät sind, aber du siehst es ja selber«, sagt er mit einem Blick auf die werte Gattin. »Es ist ein Theater mit dieser Schwangerschaft, das kannst dir nicht vorstellen. Allein bis die Mary angezogen ist. Dann muss sie aufs Klo. Oder ihr wird wieder mal schlecht, und dann muss sie kotzen …«

»Erspar mir die Details«, unterbrech ich ihn. Die beiden nehmen Platz und werden mit Essen und Bier versorgt.

»Du, Franz, sei doch so gut und bring für die Mary ein Wasser. Weil Bier … du verstehst«, sagt der Flötzinger, grad, wie ich in mein kaltes Ferkel beißen will.

Ich steh auf und hol ein Wasser. Unterwegs fragt

mich ein Mensch im Nadelstreif, den ich noch nie in meinem Leben gesehen hab und der unserer wunderbaren Sprache nicht mächtig ist, nach dem Klo. Ein Preuße wahrscheinlich, trotzdem zeig ich ihm den Weg.

Wie ich an meinen Platz zurückkomm, ist mein Teller weg. Das alternde Personal in Form von der Oma und der Liesl war fleißig und hat bereits die Tische abgeräumt. Schließlich muss ja alles ordentlich sein an so einem Geburtstag. Schon gleich, wenn's ein runder ist. Mein Magen knurrt, jetzt wird der ›Radetzkymarsch‹ geblasen, und nur die Hoffnung auf die baldige Kuchenorgie lässt mich ausharren.

»Mir ist schlecht«, sagt die Mary und hält sich den Bauch.

»Das ist kein Wunder, du hast ja gefressen wie ein Schleuderaffe«, sagt ihr Gatte wenig mitfühlend.

Ein Auto rast in den Hof.

Selbst als Stockblinder hätt ich gewusst, dass es der Leopold ist, der nun einfällt.

»Bruderherz, lass dir gratulieren, alte Wursthaut!«, schreit er schon beim Aussteigen. Aber anstelle meiner umarmt er natürlich zuallererst den Papa. Der hat Tränen in den Augen. Ja, das war klar. Dann überreicht mir mein Bruder, die alte Schleimsau, ein Päckchen. Das Geschenkpapier ist mit Polizeiautos bedruckt. Der Papa findet das originell.

»Pack aus, Franz«, sagt er. »Aber pass auf das schöne Papier auf, gell. Vielleicht kannst dir da ein Poster draus machen.«

Ich zerreiß es genau in der Mitte. Es sind zwei Bücher, die ich der wertvollen Verpackung entnehme. ›Die Last des Zweitgeborenen‹ und ›Auf dem Weg zum Mann‹ les ich da.

Der Leopold hat ein großes Glück, dass just in diesem Augenblick ein zweiter Wagen in den Hof fährt und den Birkenberger Rudi beinhaltet. Der Rudi ist mein Kollege, mein langjähriger Freund und der einzige Geburtstagsgast, dessen Anwesenheit mir tatsächlich Freude bereitet.

»Franz, alte Wursthaut!«, ruft er schon aus dem Seitenfenster, steigt aus und kommt mir gleich mit ausgestreckten Armen entgegen.

»Neue Schuhe? Sehr schick, sehr schick, wirklich. Du, ich hab eine Überraschung für dich«, sagt er. »Zu deinem Dreißigsten.« Eigentlich lege ich keinen gesteigerten Wert auf weitere Überraschungen. Er geht zum Auto zurück und krabbelt auf den Rücksitz. Wurschtelt eine Zeitlang herum und kommt schließlich mit einer Wolldecke wieder zum Vorschein.

Er schenkt mir eine Wolldecke? Großartig. Sie ist rosa. Und er hat sie noch nicht einmal eingepackt.

»Toll, eine Wolldecke«, sag ich.

»Geh, Depp! Ich schenk dir doch keine Wolldecke«, sagt der Rudi. »Wirf doch mal ein Auge rein!«

Und so werf ich ein Auge rein. Und irgendjemand wirft ein Auge raus. Das ist unheimlich. Der Rudi entfernt behutsam die Decke, und zum Vorschein kommt ein Hund. Besser gesagt, ein Welpe. Wobei eigentlich das Wort Welpe gar nicht passt. Einfach zu groß, das Tier. Aber eindeutig ein Hund. Fein, der Birkenberger bringt einen Hund mit zu meiner Megaüberraschungsgeburtstagsfeier. Und weswegen?

»Warum bringst du einen Hund mit?«, frag ich, weil ich's wirklich nicht weiß.

»Das ist dein Geburtstagsgeschenk, Mensch! Freust du dich nicht? Die Hündin von meiner Schwester hat grad geworfen, und da hab ich gedacht …«

»Die Hündin von deiner Schwester hat geworfen und wusste nicht, wohin mit den Viechern. Und du marschierst los und verteilst sie unter deinen Freunden? Du bist abartig!«, sag ich und dreh mich ab.

»Also, das ist jetzt gemein …«, kann ich grad noch hören, und schon werd ich überrannt. Von meiner eigenen Geburtstagsgesellschaft. Weil halt alle diesen blöden Köter entdeckt haben und ihn ums Verrecken streicheln müssen.

Die nächsten zehn Minuten heißt es nur noch: »Mei, süß«, »schau mal die Äuglein«, »das Näslein«, »das Pfötlein«. Die übernächsten zehn Minuten geht's so weiter.

Dann wird zum Glück das Kuchenbüfett eröffnet. Die Blaskapelle spielt einen Tusch. Der Seniorenservice schleppt Schwarzwälder und Erdbeersahne an, Käsekuchen und Donauwellen und Schüsseln mit Bergen von Schlagrahm. Zum krönenden Abschluss gibt's einen Pumucklkuchen mit einem Haufen Kerzen drauf.

So einen Kuchen hat mir die Oma einmal gemacht, da war ich acht oder neun. Und ich hab ihn geliebt, damals. Weil er zuckersüß war und knallbunt. Seitdem bekomm ich ihn jedes Jahr. Jetzt bin ich dreißig. Jetzt hasse ich ihn. Weil er zuckersüß ist und knallbunt und ich Zahnweh krieg davon. Ich blas die dreißig Kerzen aus, was tosenden Applaus zur Folge hat.

So schnell kann ich gar nicht schauen, wie die Oma mir ein Riesenstück vom süßen Albtraum serviert. »Da, Bub. Dein Lieblingskuchen«, sagt sie. Der Leopold wirft einen Blick auf meinen Teller und sagt: »Du bist ja pervers!«

Der Flötzinger kommt und sagt, dass es der Mary jetzt wirklich schlecht ist, und sie gehen ein paar Schritte.

Um die Hundeflüsterer ist es wieder ruhiger geworden. Der Kuchen treibt die Herde an die Näpfe zurück.

»Die Donauwellen sind ein Gedicht, aber jetzt zerreißt es mich gleich«, sagt der Simmerl mit vollem Mund, legt die Kuchengabel beiseite und streicht sich genüsslich über seinen Knödelfriedhof.

»Ein Gedicht!«, bestätigt seine dicke Gisela und hievt sich ein weiteres Schäufelchen hinter die Kiemen. »Was ist denn das für einer?«, will sie wissen und deutet auf meine Ration.

»Pumucklkuchen«, sag ich stocherndereise. Mir schmerzen die Zähne.

»Pumucklkuchen, soso«, sagt die Gisela. »Zum Dreißigsten.«

Der Preuße schlendert mit seinem Teller über den Hof. Darauf liegen sage und schreibe vier Stück Kuchen. Ich seh, wie er den Rudi entdeckt, der am Boden kniet und den blöden Hund krault. Dieser hebt neugierig das Köpfchen und schaut den Nadelstreif an. Dann beginnt er zu knurren. Was bei einem so winzigen Exemplar natürlich lächerlich ist. Aber immerhin zieht sich der Preuße umgehend zurück. So blöd ist das Vieh vielleicht gar nicht.

Der Blaskapellmeister klatscht in die Hände und genießt sofort die ungeteilte Aufmerksamkeit.

»Auf besonderen Wunsch vom Leopold spielen wir nun ein Lied von den Beatles. Für den Papa«, sagt der Blaskapellmeister. »Und zum Franz seinem Dreißigsten.«

Ja, ›Yellow Submarine‹ ist genau das, was mir noch gefehlt hat. Ich geh mal lieber aufs Klo. Mich drückt die Blase, weil das Einzige, was ich bislang zu mir genommen und genossen habe, Bier war.

Auf dem Weg dorthin stoß ich auf den Papa, der hinterm Holzstoß hockt, mit dem Rücken zu mir, und einen Joint raucht. »Herrschaft, Papa«, sag ich. »Geh doch wenigstens in den Garten hinter, eh dich noch jemand sieht.«

Er dreht sich um und schaut mich mit glasigen Augen an. »Heut ist der Todestag von deiner Mama, Franz. Heut vor dreißig Jahren …«

Ich klopf ihm auf die Schulter und hab einen Knödel im Hals. Er steht auf, zuckt kraftlos mit den Schultern und wandert hinter in den Garten. ›Yellow Submarine‹ bläst es vom Hof her.

Drei Leute stehen vor der Klotür, wie ich hinkomm. Alles drei Frauen. Ich schau so durchs Fenster und kann sehen, wie sich die Männer am Gartenzaun erleichtern. Weil's eh schon wurscht ist, tu ich's ihnen gleich.

»Erkennst du mich nicht mehr?«, sagt plötzlich mein Nebenpiesler. Es ist der Preuße. Den hab ich grad noch gebraucht.

Die Blaskapelle spielt ›Warum schickst du mich in die Hölle?‹, und alle singen mit. Ich schüttle den Kopf. »Nein«, sag ich. »Müsst ich dich kennen?«

»Du bist ja gut! Wir waren doch Banknachbarn in der ersten Klasse. Ich bin der Eduard.«

»Aha«, sag ich. Wir wandern gemeinsam den Bierbänken entgegen, und ich kann mich beim besten Willen nicht mehr an ihn erinnern. Aber er klebt jetzt an mir wie eine Warze, und in null Komma nix erfahr ich, dass ihn die Oma ausfindig gemacht und eingeladen hat. Und das eine oder andere Detail aus seinem unverschämt erfolgreichen Leben erzählt er mir auch noch. Also so wie in der Reklame von der Sparkasse halt: mein Haus, mein Auto, mein Pferd. Was an sich schon schlimm genug ist. Den Schmarren aber in einer schier unerträglichen Sprache hören zu müssen, setzt dem Ganzen die Krone auf. Hilfesuchend schau ich über den Hof.

Da, der Rudi! Mein Retter.

»Du, äh … Dings …«, sag ich.

»Eduard!«

»Genau, Eduard, entschuldige, aber ich muss dort kurz hin.« Und ich lauf zum Rudi rüber, dass der Kies nur so fliegt.

»Hat er dich genervt, der Typ?«, fragt der Rudi mit leicht beleidigter Stimmfarbe.

»Ja, unglaublich.«

»Aha. Da bin ich dir auch wieder recht, gell?«

Ich verdreh nur die Augen, weil mir jetzt nach allem anderen als nach mimosenhaften Vorhaltungen ist.

»Der Hund mag ihn auch nicht«, sagt der Rudi mit Blick auf das Fellknäuel.

»Kluger Hund«, sag ich.

»Gell, und …«, freut sich der Rudi. Aber völlig vergeblich.

»Vergiss es!«, unterbrech ich ihn gleich. »Pack ihn ein und bring ihn deiner Schwester zurück. Ich mag keine Hunde. Und den schon erst recht nicht.«

»Wieso den erst recht nicht?«

»Keine Ahnung. Ich mag ihn einfach nicht. Pack ihn ein und bring ihn dorthin, wo du ihn herhast!«, sag ich und geh mal den Flötzingers entgegen, die grad wieder in den Hof reinwanken.

»Geht's besser?«, frag ich die Mary. Sie nickt zaghaft.

»Ja, das kann sich von Sekunde zu Sekunde ändern«, sagt der Flötzinger. »Aber vielleicht setzen wir uns erst mal ein bisschen zusammen. Wir haben ja noch kein Wort miteinander gewechselt mit dem runden Geburtstagskind, gell. Kümmerst dich schnell um die Mary, Franz? Und ich hol uns derweil ein Bier.«

Er geht und holt Bier. Wir setzen uns nieder.

»Habt ihr denn schon einen Namen fürs Baby?«, frag ich, weil mir sonst auch nix einfällt.

»Ja, freilich«, sagt die Mary mit ihrem wunderbaren englischen Akzent. »Wenn es ein Mädchen wird, heißt sie Clara-Jane. Und ein Junge wird ein Ignatz-Fynn.«

»Ignatz-Fynn. Soso. Da wollen wir doch mal hoffen, dass es ein Mädchen wird«, sag ich, und gleich ist es mir peinlich. Die Mary lächelt trotzdem. Aber nur ganz kurz. Dann muss sie kotzen. Genau auf meine nagelneuen Schuhe. Anschließend platzt ihr die Fruchtblase.

Wie man sich vielleicht vorstellen kann, ist in null Komma nix ein Tohuwabohu auf dem Hof, das kann man gar nicht erzählen. Weil, wenn etwa fünfzig Besoffene oder Teilbesoffene versuchen, Erste Hilfe zu leisten, Hebamme zu spielen oder wenigstens einen Sanka zu rufen, ist das schon ein Theater. Wenn dann aber der Vater in spe noch ohnmächtig wird und auf den Kies knallt, macht das überhaupt keinen Spaß mehr. Nicht den geringsten.

Ich erspare uns hier die Einzelheiten, bis dahin, wo endlich die werdenden Eltern im Sanka verstaut und auf dem Weg ins Krankenhaus sind. Anschließend machen sich alle mehr oder weniger verwirrt auf den Heimweg. Alle außer dem Preußen. Der will mir nämlich jetzt eine Versicherung andrehen.

»Da hattest du doch gerade das beste Beispiel, Franz. Das, was eben hier passiert ist, zeigt uns doch deutlich, wie das so ist im Leben, nicht wahr. Man kann gar nicht gut genug versichert sein, verstehst du«, sagt er und zieht aus einem Aktenordner unterm Tisch stapelweise Papiere heraus. »Hier zum Beispiel …«

Irgendetwas stimmt hier nicht. Der Hof ist leer, und wir sitzen zu zweit an einem der Biertische, und trotzdem kommt von irgendwoher ein sonderbares Geräusch.

»Pssst!«, unterbrech ich den Versicherungsverbrecher, steh auf und geh ein paar Schritte. Ich lausche und suche, und hinter dem Holzstoß werd ich endlich fündig.

Der Rudi, dieser Pharisäer, hat mir doch tatsächlich das blöde Vieh hiergelassen! Ich geh also hin und nehm es auf den Arm. Sein Köpfchen versteckt sich in meiner Ellbeuge.

»Lass doch mal den Köter beiseite«, sagt der Preuße. »Können wir endlich hier weitermachen?« Der Welpe beginnt zu knurren, gleich wie er diese Stimme hört. Kluger Hund.

»Nein, können wir nicht«, sag ich. »Ich hab heute Geburtstag. Einen runden. Und du packst jetzt hurtig dein Geraffel zusammen und schleichst dich, kapiert?«

Das Hündlein hört erst auf zu knurren, wie der Wagen aus dem Hof fährt.

In der Küche treff ich noch auf die Susi. Sie hat ein bisschen abgewaschen und aufgeräumt, sagt sie und dabei stellt sie ein paar Teller in den Schrank.

»Ich gehe wohl auch lieber mal. Das mit dem Heiraten wird ja heute nix mehr, oder?«, grinst sie mir hinterher.

Ich schüttle den Kopf. »Na, für heut reicht's mir mit der Feierei.«

»Ein andermal?«

»Ein andermal!«, sag ich und hau ihr zum Abschied auf den knackigen Hintern.

Ich kann noch kaltes Spanschwein finden. Das essen wir zwei im Hof, der Welpe und ich. Und ich mach mir ein Bier auf und schau in den Sternenhimmel. Wunderbar. Einen Namen brauchen wir, Hündchen, einen Namen … Für einen, der loszieht, um die Preußen zu vertreiben. Für einen echten Bayern halt.

»Ludwig!«, sag ich, und der Hund hebt gleich sein Köpfchen. Ludwig ist ein großartiger Name für einen klugen Hund. Dann läutet mein Diensttelefon. Ein Autounfall hier ganz in der Nähe. Ja, da hilft alles nix. Geburtstag hin oder her. Weil Dienst ist Dienst. Und es ist schon ein Scheißstress bei der Polizei. So wandern wir los, der Ludwig und ich.

Damit wir uns richtig verstehen –

Ein kleines Lexikon
für Niederkaltenkirchen-Fans
und alle, die es noch werden wollen

Jetzt ist ja Bayrisch vermutlich nicht jedermanns Sprache. Niederbayrisch wohl noch viel weniger, gell. Was da aber in Niederkaltenkirchen manchmal so alles verzapft wird, das muss man zum Teil echt übersetzen. Was hiermit geschehen ist:

Achter Handschellen (bayrischer Polizeijargon)

sich aufbrezeln Sich in Schale schmeißen, schick machen, so was in der Art halt. Das tut meist das weibliche Geschlecht. Und da ist auch gar nix dagegen zu sagen. Wirkt doch gleich ganz anders, wenn ein Weibsbild fesch ist und nicht ausschaut wie ein Krapfen, oder? Aber freilich kommt's auch darauf an, für wen sie das tut. Macht sie es für sich selber, ist das völlig in Ordnung. Macht sie es für ihren Kerl, dann ist es ganz besonders schön. Macht sie es aber für irgend so einen dahergelaufenen Arsch, dann hört bei mir der Spaß auf. Da hab ich dann kein Verständnis dafür. Nicht das geringste.

Aus'zogene

Bei uns heißen die ja auch Kiache, also Küchle. Das ist ein Hefegebäck, gerne, aber nicht zwingend, mit Rosinen drin – und das ist einfach der Hammer. Rausgebacken im triefenden Fett und mit Puderzucker bestäubt. Einen feinen Kaffee dazu, und das Himmelreich ist nahe. Gott sei Dank macht das gar nicht viel Arbeit, die Herstellungskosten sind gut überschaubar. Und dementsprechend häufig gibt's die bei uns daheim dann eben auch.

Batzerl Stückchen, Bröckchen, zumeist in einer wenig ansprechenden Form. Anders verhält es sich freilich bei einem Obatzten (siehe unten).

Bazi Ein Schlitzohr, Schlawiner oder elendiger Hundling. Also vielleicht die Koseform von einem Saukerl, wenn man so will.

bieseln Pinkeln

Blaustichfahrt Kann sich vermutlich eh jeder denken, ist eine Fahrt im Streifenwagen mit Blaulicht und Horn. Also bei Einsätzen eben und dadurch völlig legal. Anders ist es freilich, wenn ich mal im Stau steh. Dann gibt's halt auch die eine oder andere Blaustichfahrt. Weil ich halt so null Komma null Lust habe, wie die anderen Hanswursten stundenlang auf der Autobahn abzuhängen. Und Zeit hab ich dafür bei meinem aufreibenden Beruf natürlich auch keine, ganz klar. Drum gibt's auch ab und zu eine Blaustichfahrt jenseits eines Einsatzes. Wobei man ja schon sagen muss, pünktlich im Büro zu erscheinen, das ist ja auch schon fast so was wie Einsatz, oder?

Bockfotze	Die Steigerung von »Watschn«
Datterer	Tattergreis, meistens wird er in der maskulinen Form genannt. Ein älteres, eher etwas unbeholfenes und unglaublich nerviges Männlein also.
Dellen in den Haxerln	Kann man übersetzen mit: Löcher in den Beinen. Es ist aber dringend davon abzuraten, den Ausdruck in Gegenwart einer Frau zu erwähnen. Erst recht nicht, wenn man anschließend Sex will.
die Augen raushaun	Wenn jemand starrt wie ein Blöder, haut's ihm quasi die Augen raus. Dabei bekommt er in der Regel einen dümmlichen Gesichtsausdruck, im ungünstigsten Fall bleibt ihm der Mund of-

fen stehen und die Kopfbewegungen verlangsamen sich drastisch oder verschwinden ganz.

die Wange schlenzen Eine Liebkosung. Man nimmt die Wange des Gegenübers zärtlich zwischen die Finger und schlenzt sie leicht. Bei mir darf das ausschließlich die Oma.

Dreck im Schachterl Einen Dreck im Schachterl hat zum Beispiel der Flötzinger, wenn er in flagranti von seiner Mary beim Fremdrammeln erwischt wird. Es ist also etwas, das man einfach nicht haben will. Ums Verrecken nicht.

drecksfad Mörderlangweilig. Also mir persönlich ist es ja eher selten drecksfad. Ich hab ja ein ausgefülltes Berufsleben, einen Freundeskreis und führe eine interessante Beziehung. Meistens jedenfalls. Dann ist da noch die Oma, die wo auch ständig irgendwas von mir will. Genauso wie der Papa, der ebenfalls keine Langeweile aufkommen lässt. Stößt dann noch der Leopold dazu, so wird's sogar langsam stressig. Also wie gesagt, mörderlangweilig ist mir eher ein Fremdwort. Und drecksfad halt ebenfalls.

Dult Volksfest, Kirmes, Bierzelt, Musik und ab einer gewissen Stunde haufenweise Besoffene

ein Gestell machen Sich (blöd) anstellen, ein Theater machen, ungeschickt sein

Erdbeeren brocken Erdbeeren zupfen oder pflücken. Wenn man das Glück hat, eigene Früchte im Garten zu haben, dann brockt man sie bevorzugt dort. Ansonsten tut man das auf einer der zahllosen Erdbeerplantagen, wo man so viel essen kann, wie man möchte, während man erntet. Und meistens hat man dann schon so dermaßen viele genascht und dementsprechend die Nase voll davon, dass man hinterher wochenlang keine einzige Erdbeere mehr sehen kann.

Fexer Ableger, in der Regel der Teil einer Pflanze, aus dem bei sachgemäßer Behandlung durchaus ein neues Gewächs der gleichen Art entsteht. Bei dem Fexer vom Leopold hoffe ich natürlich inständig, dass eine andere Art heranwächst.

flaggen Liegen, jedoch vielleicht nicht auf die eleganteste aller Arten. Nach dem Genuss des hammermäßigen Schweinsbratens von der Oma oder einer durchzechten Nacht beim Wolfi die einzige Möglichkeit, sich fallen zu lassen.

Fleischpflanzerl Frikadellen oder Buletten oder Fleischküchle sind flache Knödel aus gemischtem Hackfleisch und nach Leberkäs meine Lieblingsbrotzeit.

Flidscherl Flittchen

Gemächt Männliches Betriebssystem. Empfindlichste Stelle bei Körperkontakt sowohl im positiven, aber auch im negativen Sinn, bis hin zum game over.

Gerotze Bei starker Erkältung läuft die Nase, kennt man ja. Allerdings wird der Begriff auch gern bei Weicheiern benutzt. Wenn eben einer wegen jedem Dreck zu heulen anfängt, nennt man diese Flennerei auch gern ein Gerotze, ein elendiges.

Goscherl Ein kleiner Mund, meistens ein recht süßer. Die Susi macht manchmal ein Goscherl, wenn sie nämlich schmollt.

grantig Schlecht gelaunt; saugrantig = besonders schlecht gelaunt; rotzgrantig = unerträglich schlecht gelaunt

Gratler Der Gratler an sich ist ein eher unbeliebter Zeitgenosse mit der charakterlichen Tendenz zum Hinterfotzigen und Betrügerischen. Gerne, aber nicht zwingend, findet man ihn am unteren Ende des Sozialthermometers. Der Gratler ist in der Regel fortpflanzungsdienlich (wobei jetzt das Wort dienlich vielleicht fehlbesetzt ist, ich finde aber kein passenderes) und gibt seine Gene häufig an die Nachkommenschaft weiter.

greislich Ungenießbar (bei Mahlzeiten); hässlich (bei Weibsbildern)

griabig Gemütlich

Griffel Finger, Hände oder Pfoten. Das Wort Griffel benutzt man gern, wenn dieselbigen irgendwo sind, wo sie ums Verrecken nicht hingehören.

grindig Mies, gammelig, ungepflegt

Grinserl Das Grinseln ist kein Lächeln. Eher das Gegenteil. Vielleicht trifft es »ein hämisches Schmunzeln« am besten.

Gschaftel-huber Wichtigtuer

gschafteln Sich wichtigmachen

Gscheithaferl Ein Gscheithaferl ist entweder jemand, der ständig seine Waffel offen hat und seine überschaubaren Weisheiten in die Welt hinausposaunt, auch wenn die es ums Verrecken nicht hören will. Oder aber es ist einer, der schwer auf der Leitung steht und vom Tuten und Blasen sowieso keine Ahnung nicht hat. Häufig, aber nicht gezwungenermaßen immer, kann man beide Eigenschaften bei ein und derselben Person vorfinden, was dann besonders unangenehme Zeitgenossen hervorbringt.

Gscheit-schmatzer Hier ist der erste Teil vom Gscheithaferl gut zu übernehmen. Der zweite eher nicht. Weil es unter den Gscheitschmatzern durchaus den einen oder anderen Kollegen gibt, der echt was in der Birne hat. Leider aber verspürt der dann dank seiner Eitelkeit stets das Bedürfnis, seinen Wissensvorsprung mit anderen zu teilen, was aber dann auch wieder eher nervt. Siehe Lehrer.

Gschwerl Gesindel

Gspusi Eine Art Verhältnis. Nix Ernstes, eher eins von der schlampigen Sorte, so wie's der Flötzinger halt immer hat. Oder gelegentlich auch der Simmerl.

Guatl, Gutti Bonbons

Guttiglas Ja, man kann es ahnen, es ist das Aufbewahrungsglas für Bonbons und für mich ein Magnet an jedem Empfangstresen. Wobei es da natürlich auf die Bonbonsorte ankommt. Da gibt's ja immense Unterschiede. Da kann die Oma sagen, was sie will, bei Guttis, da nimmt man nix Billiges. Weil da schmeckst du jeden einzelnen Cent. Ich kenn natürlich alle Sorten und weiß genau, wovon ich lieber die Finger lasse. Aber wenn die Qualität stimmt, dann mach ich mir schon mal beide Hosentaschen voll. Besonders bei Karamellgeschmack. Da kann ich ums Verrecken nicht widerstehen.

Hafen Ein Hafen ist ein Topf oder Tiegel der größeren Sorte, der bevorzugt zur Zubereitung diverser Speisen im Ofen benutzt wird.

Haferl Tasse

Haftlmacher Also, wenn jemand aufpasst wie ein Haftlmacher, dann ist er schwer auf der Hut, konzentriert bis zum Dorthinaus, quasi: Adlerauge, sei wachsam! Ins Deutsche könnte man das auch prima mit »Aufpassen wie ein Luchs« oder so übersetzen. Hört sich halt nur nicht so geschmeidig an, wie ich find.

Haindling Ist A) ein Ort in Niederbayern und vielen Pilgern ein Begriff, hier aber nicht relevant. Und B) eine Band, die in bairischer Mundart irgendwo zwischen Pop, Jazz und Volksmusik changiert und deren Gründer Hans-Jürgen Buchner außer Arschgeige so ziemlich jedes Musikinstrument spielt. Ich persönlich mag diese Musik. Schon allein wegen der Sprache.

Hallodri Siehe Flötzinger und Simmerl

hammermäßig Ist die Superlative von erstklassig, großartig oder einwandfrei.

Hausl Ist im Positiven wohl am ehesten mit »Mädchen für alles« zu übersetzen. Wenn's ins Negative abdriftet, dann kann's schon auch mal ein Trottel sein.

Haxerl Haxen = Beine; Haxerl = winzige Beine

Hebauf Das Richtfest. Also praktisch der Moment, wo der Zimmermann den Dachstuhl fertig hat und dort an der obersten Stelle einen Richtbaum aufstellt und sein Verserl aufsagt. Dieses Fest ist kulinarisch gesehen immer sehr rustikal und ein wenig kalorienlastig, und hinterher sind die Anwesenden immer ziemlich besoffen. Die meisten jedenfalls.

Herrle Herrchen; dementsprechend heißt Fraule dann natürlich Frauchen, gell.

herumschlawenzeln Hat zwei völlig unterschiedliche Bedeutungen. Zum einen kann es heißen: flanieren, umherschlendern, so was in der Art. Zum anderen heißt es: sich jemandem anbiedern, einem in den Arsch kriechen – auf Deutsch halt.

holterdipolter Ruckzuck, geschwind, eilig, ohne Ankündigung

in die Froas fallen Zuckungen kriegen, Schaum vorm Mund, ausrasten oder lethargisch ins Leere starren. Also kein schöner Zustand, aber kommt vor.

Ja, pfiati Gott! Da kommt's auf die Betonung an. Ein Ausdruck des Entsetzens. In etwa wie: »Um Gottes willen!« Oder es hat einen abfälligen Charakter, so wie: »Na Bravo!«

jemanden ausrichten Jemanden schlechtmachen, üble Nachrede, Verleumdung bis hin zum Rufmord, könnte man beispielsweise sagen. Es gibt ja Leut, die machen das völlig ungeniert, und zwar täglich, und laufen trotzdem noch immer ungestraft durch die Gegend.

Kartoffelbratl Ein Kartoffelbratl ist ein Schweinebraten, bei dem die Sau nicht allein in der Bratreine liegt, sondern auf einem Kartoffelbett. Dieses saugt dann den ganzen Bratensaft auf und schmeckt dementsprechend hammermäßig.

Kartoffelstampf	Stampfkartoffeln
Klapperl	Sandalen. Wohltuende Schuhe, die sommers dafür sorgen, dass der Fuß atmen kann. Nach der langen Winterzeit jedoch sollte man tunlichst darauf achten, dass die Zehennägel ordentlich geschnitten sind. Ich persönlich würde niemals Klapperl tragen. Ums Verrecken nicht.
können vor Lachen	Das ist ein Ausdruck von Hilflosigkeit. Von unglaublicher Hilflosigkeit, würd ich mal sagen.
Krawattl	Wenn man jemanden am Krawattl packt, packt man ihn am Kragen, also eine eher unfreundliche Geste.
Lätschn	Wenn jemand eine Lätschn zieht oder einen Flunsch, macht er ein Gesicht. Ein finsteres oder ein beleidigtes. Ein dümmliches oder ein provokantes. Ein saures oder ein gekränktes. Jeden-

falls kein freundliches. Ich persönlich kann es beim besten Willen nicht ertragen, wenn jemand eine Lätschn zieht. Da ist mir ein lautes Wort oder ein Schlag in eben die Lätschn allemal lieber. Ein Großteil der Menschheit aber liebt es, seinem Vis-à-vis mit einer dämlichen Gesichtsgrimasse den Tag zu versauen.

Lamperl Lamm

Lauser Liebevoll: Lausbub. Abfällig: Rotzlöffel, Hosenscheißer. Wenn man das zu einem Erwachsenen sagt, ist es eher die zweite Variante.

Leftutti Der Leftutti (ausgesprochen Läfdudde) ist ein gutmütiger Zeitgenosse, der gern als Hanswurst abgetan wird. Ursprünglich kommt der Begriff wohl von den Italienern der 1950er-Jahre, die sich mit dem Spruch »*Lavoro tutti*« / »Ich übernehme jede Arbeit« hierzulande um Arbeit bemüht haben.

Leichenfläderer Rechtsmediziner. Hört sich nach mords was an, ist aber in der Regel ein eher unappetitlicher Beruf.

Lüngerl Lunge, Saures Lüngerl mit Knödel, ein Wahnsinn

Matz Eine Matz kann praktisch mehrere Funktionen erfüllen und ist überwiegend weiblich und negativ. Wenn man dabei jedoch von einem Mann spricht, hat es durchaus positive Aspekte. Die klassische Matz ist ein Miststück mit dem Hang zur Schlampe. Also die Art von Weib, die auf ihrer eigenen Zielgeraden schon gern mal über Leichen wandert.

mit der Brennsuppe schwimmen keine Ahnung haben, null Peilung, zero Durchblick, daher armer Irrer halt

Nachtgewand Nachthemd. Im Falle von der Oma meistens geblümt und bodenlang. Also zumindest für die Oma. Für normal große Menschen eher wadenlang. Die Oma hat wahnsinnig viele davon. Alle reduziert gekauft, versteht sich. Schön sind sie eigentlich alle nicht. Aber praktisch. Weil einfach alles verhüllt wird, was eh keiner sehen will. Anders sind da schon die Nachthemden von der Susi. Aber die heißen ja auch ganz anders. Negligé, heißen die nämlich. Und die schauen natürlich auch ganz anders aus.

nackert Unbekleidet, nackt. Ein Idealzustand in der Sauna beispielsweise. Nicht jedoch, wenn man in Italien sauniert. Da kann's dir nämlich passieren, dass du der allereinzige Nackerte in der Sauna bist. Und das ist dann halt blöd, gell.

narrisch Wahnsinnig, irrsinnig, verrückt

Obatzter Ein bayerisches Käsegericht mit viel Fett, Paprika und Zwiebeln. Mit einem reschen Bauernbrot dazu und einer kalten Halben schlicht und ergreifend zum Wahnsinnigwerden.

Pfui Deife Pfui Teufel

pressieren Wenn's einem pressiert, hat er's eilig. Oder er hat's pressant.

rass Trifft in erster Linie auf den Obatzten zu. Der muss nämlich leicht rass sein. Also eine bestimmte Würze haben, die einem Käse das gewisse Etwas verleiht, was man auch gut riechen kann. Weniger gut dagegen riecht es, wenn Körpergerüche ins Rasse abdriften, frag nicht.

ratschen Einen Ratsch heraushauen, was man eigentlich mit »sich unterhalten« oder »einen Plausch halten« übersetzen könnte. Aber wie gesagt, nur eigentlich. Weil: wenn man einen Plausch hält, werden unwichtige Informationen in einer netten Art und Weise unter den Mitmenschen ausgetauscht.

Beim Ratschen ist es eher gegenteilig. Da geht's ans Eingemachte. Und die Wortwahl ist, sagen wir, einfältig bis hinein ins Ordinäre. Meistens jedenfalls.

Ratschn Oder Dorfratschn. Sind weltweit verbreitet und, was die Einholung ortswichtiger Informationen angeht, sehr beliebt. Wohingegen das Verbreiten eigener Untugenden eher lästig ist, aber auch in den Zuständigkeitsbereich der Ratschn fällt. Meistens, aber nicht zwingend, ist die Dorfratschn weiblich und älteren Semesters.

Remmidemmi Durcheinander, Chaos

resch Knackig, knusprig

Rotzpoppel Ein Sekret der Nase, das durch Niesen, Schnäuzen oder eine gewisse Fingerfertigkeit aus derselben entfernt werden kann.

rumfretten Wenn jemand rumfrettet, dann hat er's nicht leicht. Entweder ist er krank oder pleite. Oder er kommt im Job nicht recht weiter oder bei den Weibern nicht an. Jedenfalls ist er – sagen wir mal – kein Held. Eher wurschtelt er sich so ein bisschen planlos durchs Leben. So was in der Art halt. Anders ist es bei einem Kater. Wenn ich nämlich am Vortag ein oder zwei Bier zu viel intus hatte, dann frette ich auch so den ganzen Vormittag lang irgendwie rum. Aber nach dem Mittagessen ist es meistens wieder gut. Das ist also mehr so ein Teilzeitfretten und zählt deshalb nicht wirklich.

Schafkopfen Ein Kartenspiel mit weniger glorreichem Ruf, wird eher in Bauernwirtschaften gespielt.

scheißerlfreundlich Eine Art von unangenehmer Freundlichkeit, ich würd sagen, von schleimig über ironisch bis rein ins Hinterfotzige.

schiach Unattraktiv, nicht hübsch, eher hässlich, also zumindest, wenn es um Lebewesen geht. Wenn ich dagegen eine schiache Grippe hab, dann hab ich eine echt schlimme. Auch das Wetter kann schiach sein, wenn's zum Beispiel wieder mal Kuhfladen regnet.

schlaf-damisch Schlaftrunken, noch nicht ganz kontaktfähig oder einfach, wenn man sich noch krampfhaft am Bettzipfel festklammert. Meistens erwischt mich das grad, wenn wieder mal das Telefon läutet. Das dienstliche freilich. Und zwar mitten in der Nacht. Ein Scheiß ist das, ein echter.

Schleimsau Zusammengesetzt aus schleimig und Sau. Somit bedarf's keiner weiteren Erklärung.

Schleuder-affe Wenn einer frisst wie ein Schleuderaffe, hat er einen Mordshunger und haut richtig rein. Danach braucht er meistens ein Schnapserl oder zwei.

Schmarrn Wenn jemand einen Schmarrn redet, verbreitet er Unsinn. Wenn jemand einen Schmarrn brät, dann nicht. Dann gibt's anschließend was ganz Feines zu essen. Mit selbstgemachtem Kompott von der Oma – direkt ein Traum.

Schnackler Schluckauf

schnackseln Pimpern, nudeln, ihr wisst schon

Schniedl Männliches Geschlechtsteil. Bevorzugt nimmt man diesen Begriff bei Buben her. Oder eben bei mäßig ausgeprägten Exemplaren dieser Spezies.

Schoaß Furz, Gase aus dem Darm. Besonders unangenehm nach hart gekochten Eiern oder übermäßig Bier. Gasalarm quasi.

Schwammerl Pilze

sich darennen So lustig sich dieser Begriff vielleicht anhört, er ist alles andere als das. Wenn sich jemand darennt, dann fährt er mit seinem Auto meistens gegen einen Baum oder Brückenpfeiler. Absichtlich oder nicht. In jedem Fall ist er hinterher tot. Es sei denn, sein Schutzengel ist nicht im Winterschlaf …

Sozialamt-lätschn Hierbei handelt es sich um eine Randgruppe, die der Meinung ist, das bisschen Geld, was mangels Ausbildung verdient werden könnte (wenn man es schaffen würde, morgens aufzustehen, zu duschen und dann zur Arbeit zu fahren), kriegt man vom Sozialamt auch ohne Stress.

Spansau Spanschwein

Tragerl (Bier) Tragerl ist ein zärtlicher Ausdruck für Träger oder Kasten, der Getränke beinhaltet. Wenn man aber von Bier spricht, ist eine gewisse Zärtlichkeit durchaus angebracht.

umeinanderstopseln Wenn man umeinander stopselt, dann ist man zumindest für den Moment mit der aktuellen Situation wenigstens leicht überfordert. So muss man praktisch erst mal seine Gedanken ordnen und gegebenenfalls nach einer Erklärung, im schlimmeren Fall nach einer Ausrede suchen und dann eben versuchen, durch dieses Gestopsle irgendwie an Zeit zu gewinnen. Politiker können das prima, dieses Rumstopseln, und da fällt's ja kaum noch jemandem auf.

Unfallmarterl Und wenn sich jemand darennt, der liebe Hinterbliebene zurücklässt, dann stellen diese am Unglücksort eben gern ein Marterl auf. In den meisten Fällen ist es ein Kruzifix mit oder ohne Korpus, und häufig gesellen sich Blumen und Kerzen dazu. Es ist ein Ort der Trauer und der Erinnerung an einen geliebten Menschen.

Wadeln hinterbinden Wenn man jemandem die Wadeln hinterbindet, dann hilft man ihm in die Puschen. Oder sorgt dafür, dass er endlich in die Gänge kommt. Oder man macht ihn schlicht und ergreifend zur Sau.

Wadlbeißer Beim Wadlbeißer gibt's ja zwei völlig verschiedene Interpretationen, nämlich eine positive und dann freilich auch eine negative. Im ersteren Fall ist es ein Mensch, der an einer Sache dranbleibt, auch wenn sie noch so ausweglos erscheint. Ein Kämpfer quasi. Ich kenn das zum Beispiel von mir selber bei schwierigen Mordfällen. Genau. Und die negative Version ist eher jemand, der in ausweglosen Situationen nicht aufgibt. Nein, da ist schon ein Unterschied. Sagen wir, es ist mehr jemand, dem du schon fünfzigmal gesagt hast, dass er dir auf die Eier geht, und dann ruft er tatsächlich das einundfünfzigste Mal auch wieder an.

Also mehr in Richtung Nervensäge als Kämpfer vielleicht.

Wammerl Ein gut durchwachsener Schweinebauch. Wird gern direkt im Sauerkraut erhitzt und gibt dem Kraut einen unverschämt guten Geschmack. Aber auch gegrillt, resch und knusprig – der pure Wahnsinn.

Watschn Eine Ohrfeige. Aber nicht so ein Tatscherl, das man auch einem nervigen Kind einmal gibt, sondern schon eher eine von der kräftigeren Sorte.

wo der Bartl den Most holt Wo's langgeht, was abläuft oder wer das Sagen hat. So was in der Art halt (bei uns halt die Oma).

Zefix! Die Koseform eines Fluches, die dementsprechend ausdrückt, dass der Benutzer desselben grad irgendwie durch irgendwas tierisch genervt ist.

Zeitlang haben Könnte man vielleicht mit »vermissen« übersetzen, aber dann doch nicht so recht. Weil Zeitlang haben noch ein bisschen weiter unten im Körper stattfindet. Wenn man jemanden oder etwas vermisst, dann ist es eher so in der Höhe des Herzens. Beim Zeitlang haben ist es mehr so um die Magengegend herum. Und rein vom Gefühl her ist es auch weniger schmerzhaft, sondern hat vielmehr einen vielleicht melancholischen Charakter oder so.

zerdatscht Zerquetscht

Zinken Ein eher überdimensionales Modell einer Nase

Zischhalbe Ist in der Regel das erste Bier, und der Durst lässt es quasi schon in der Gurgel verdunsten. Deshalb trinkt man es so schnell wie möglich, dass alles grad so zischt.

zutzeln Nuckeln, lutschen oder saugen. Auch Knutschflecken entstehen auf diese Weise.

Zwickel Ein Zweieurostück. Geht in Niederkaltenkirchen gut als Trinkgeld durch. In München wird man dafür vom Kellner nur milde belächelt. Oder er lässt es einfach achtlos auf dem Wirtshaustisch liegen. Im schlimmsten aller mir bekannten Fälle gab's sogar schon mal Hausverbot aus einem echt fadenscheinigen Grund heraus.

Zwiderwurz Ein Zwiderwurz ist ein mürrischer Mensch. Wobei es da freilich einige Unterschiede gibt. Der eine, der ist eher selten mürrisch, der andere öfters. Manch einer ist es sogar immer. Oder wenigstens immer öfter, was aber nicht selten seinen unerfreulichen Lebensumständen geschuldet ist. Arbeit kann da meinetwegen der Auslöser sein. Oder auch die Ehe. Da kann man nix machen, da steckt man nicht drin.

Im Grunde aber kann man einen Zwiderwurz in drei Kategorien einteilen: nämlich den Vollzeit-Zwiderwurz, den Teilzeit-Zwiderwurz und den Gelegenheits-Zwiderwurz. Ja, so einfach ist das.

Zwölfe läuten

Ist zum einen das Mittagsläuten um zwölf Uhr, das einst den fleißigen Bauern und Arbeitern die wohlverdiente Mittagspause angekündigt hat. Zum anderen durften Weißwürste eben genau dieses Läuten nicht »hören«, weil das empfindliche Brät seinerzeit mangels Kühlmöglichkeiten bereits ab mittags verdorben war. Heutzutage könnte das »Mittagsläuten« dank Gleitzeit und Kühlungen komplett aus unserem Wortschatz gestrichen werden, wird es aber nicht. Schon rein traditionell nicht.

Quellenhinweis

Ein Bayer in Gelsenkirchen
Erstmals erschienen in: H. Knorr, S. Krauß, H. P. Karr (Hgg.), ›Mord am Hellweg VI: Kalendarium des Todes‹, Grafit Verlag GmbH, Dortmund 2012

Urlaub mit Dick und Doof
Erstmals erschienen in: Marcus Gärtner (Hg.), ›Urlaub mit Punkt Punkt Punkt‹, Rowohlt Verlag GmbH, Reinbek bei Hamburg 2012

Wie der Rudi einmal fast den Nobelpreis bekam
dtv Verlagsgesellschaft mbH & Co. KG, München 2018

Der Franz und sein Geburtstag
Erstmals erschienen in: Silvia Schmid (Hg.), ›Warum man nie runde Geburtstage feiern sollte‹, dtv Verlagsgesellschaft mbH & Co. KG, München 2011